T0267769

Cómo vi a la Mujer Desnuda cuando entraba en el bosque

MARTÍN SOLARES

Cómo vi a la Mujer Desnuda cuando entraba en el bosque

Memorias del agente Pierre Le Noir
sobre los hechos escalofriantes que
atestiguaron los surrealistas en el norte
de Francia en noviembre de 1927

RANDOM HOUSE

Cómo vi a La Mujer Desnuda cuando entraba en el bosque

Primera edición: septiembre, 2024

D. R. © 2024, Martín Solares

D. R. © 2024, derechos de edición mundiales en lengua castellana excepto Argentina, Colombia y España:
Penguin Random House Grupo Editorial, S. A. de C. V.
Blvd. Miguel de Cervantes Saavedra núm. 301, 1er piso,
colonia Granada, alcaldía Miguel Hidalgo, C. P. 11520,
Ciudad de México

penguinlibros.com

ISBN: 978-607-384-614-1

Impreso en México – *Printed in Mexico*

Quizás ha llegado el momento de aceptar
que entre algunos seres y yo se establecen
unas relaciones más peculiares, más
inevitables, más inquietantes de lo que
yo podría suponer.

B

Personajes que aparecen en esta novela

Los policías

Comisario McGrau, director de la Brigada Nocturna

Pierre Le Noir, el agente más joven de la Brigada, nieto de la vidente Madame Palacios

Sophie La Fleur, encargada de los archivos

Doctor Julius F. Rotondi, médico forense. Especialista en autopsias de seres fantásticos

Jules Renard, sagaz y ambicioso detective de la Brigada de Homicidios

El Ladrillo, agente famoso por su brutalidad

Los magos

Mariska de Hungría, joven y misteriosa maga, amiga de Pierre Le Noir, desaparecida en París; dio una ayuda decisiva a Pierre en momentos muy complejos

Markus y Louise Bajai, magos de origen húngaro, maestros de la Orden de La Gran Magia en París

Los surrealistas

Aragon, poeta, novelista y héroe de guerra, comprometido con la rica heredera Nancy Cunard

Breton, autor de la prosa más flamígera que se haya escrito desde el arte en los años veinte, casado con Simone Rachel Kahn; editor de la revista *La Revolución Surrealista*; fundador y líder del grupo

Buñuel, cineasta español, amigo cercano de Dalí

Crevel, poeta y ensayista; al igual que a Robert Desnos, Breton suele hipnotizarlo durante las sesiones del grupo, a fin de abrir la puerta a lo maravilloso e inesperado

Dalí, extravagante pintor catalán, "el Vermeer del surrealismo" y autor del método paranoico-crítico de investigación

Marcel Duhamel, editor y creador de la primera colección de literatura policial en Francia

Paul Éluard, uno de los mejores poetas del grupo; sobreviviente de la Primera Guerra Mundial y casado en primeras nupcias con la escritora rusa Elena Ivánovna, también conocida como *Gala*

Max Ernst, pintor alemán, casado con Marie-Berthe Aurenche; durante la Primera Guerra Mundial combatió en el frente, a muy pocos metros de donde combatía Éluard

Edward James, poeta y millonario inglés, futuro mecenas de Dalí y Magritte, patrocinador de fastuosos ballets artísticos y, años después, de la revista *Minotaure*

André Masson, extraordinario pintor surrealista, héroe de la Primera Guerra Mundial, en la cual fue herido gravemente

René Magritte, pintor belga, autor de algunas de las obras más fascinantes del grupo

Pierre Naville, médico y escritor; mecenas del grupo

Benjamin Péret, poeta y ensayista, uno de los amigos más fieles de Breton

Drieu La Rochelle, narrador y poeta francés, ligado al surrealismo en su juventud

Yves Tanguy, pintor de exquisitos paisajes submarinos

Las millonarias

Nancy Cunard, rica heredera y editora británica, pareja de Louis Aragon

Luisa Casati, marquesa de Roma, aventurera, una de las modelos más famosas de Man Ray

Victoria Ocampo: editora y escritora de origen argentino, dueña de una fabulosa fortuna

Las artistas

Dora Maar, una de las más talentosas fotógrafas que hayan colaborado con el grupo surrealista

Meret Oppenheim, increíble artista plástica de origen suizo que mezclaba materiales orgánicos e inorgánicos en sus desconcertantes esculturas

Lise Deharme, talentosa narradora

Tilly Losch, genial bailarina y actriz, especialista en crear bailes deslumbrantes con sus manos; casada con Edward James a finales de los veinte

Elena Ivánovna, escritora de origen ruso, casada con Paul Éluard a mediados de los veinte

Marie-Berthe Aurenche, pintora francesa, casada con Max Ernst

Georgette Magritte, esposa, consejera y principal modelo de René Magritte

Los normandos

El gerente del Manoir

Suzanne, estudiante de arquitectura; camarera en el Manoir

Charles Chevalier, jefe de policía en Varengeville-sur-Mer

El taxista de los fantasmas

1

Luciérnagas en la noche

Antes podía reconocer a un policía en una multitud. Ahora los presiento.

Supe que venían por mí desde que bajaron del auto. Cuatro tipos fornidos, todos fumando con avidez. Las luciérnagas de sus pitillos se encendían aquí y allá, de ida y vuelta, a toda prisa, como si estuvieran jugando un partido de tenis en la oscuridad. En la Brigada Nocturna fumábamos así antes de usar las manos. A veces Le Rouge y yo partíamos un cigarrillo en dos, cada quien fumaba su parte, pisábamos la colilla y nos íbamos a trabajar. Pero Le Rouge murió esta semana y ahora es un fantasma que se aparece en los bares de París. Ignoro si seguirá fumando en el más allá. En cambio aquí, fumar es la única costumbre que no pueden abandonar mis colegas: los vi tirar las colillas y cruzar la calle. Dos se quedaron en las puertas, las manos en los bolsillos; el más alto se sentó a mi izquierda. No parecía de la policía científica: tenía las orejas hinchadas, con forma de coliflores y un vendaje sobre la ceja izquierda, como si hubiera librado su último combate hacía unos minutos. Bastaba ver el tamaño de sus manos para comprender quién fue el ganador. Aún lo estaba examinando cuando un joven de bigotes muy bien recortados se apoyó en la barra junto a mí.

—El famoso Pierre Le Noir…

Yo estaba sentado en el bar, buscando a Mariska. Llevaba casi dos días sin dormir: desde que ella desapareció, o la secuestraron, anduve de bar en bar y de teatro en teatro, en pos de alguna pista para encontrarla. Hablé con actores, ilusionistas, adivinas, gitanas, videntes: todo aquel que vivía de la magia en París. Deseaba de todo corazón que la gente con que ella trataba le hubiera perdonado la vida. Pero recordaba en qué condiciones quedó su estudio, luego de que algunos canallas fueran a verla, y tenía mis dudas. Destrozaron cada mueble, cada objeto. Y en su gremio nadie quería hablar de eso.

Luego de casi dos días sin saber de ella, me hallaba irritable y explosivo. Según cierta gitana que interrogué, la noche en que se fue Mariska alguien debió robarse mi alma, lo cual explicaba mi angustia. En su opinión, yo debía recuperarla pronto si quería seguir vivo, pero no estaba de humor para pensar en otra cosa que no fuera mi amada, o quizás era cierto que había perdido mi alma y por ello atraía a otros seres que habían perdido la suya también.

No es tan fácil irse de la policía. Y cuando por fin lo haces y te vuelves un ciudadano normal, sin permiso para portar armas, todo tipo de indeseables trata de aprovecharse de ti.

—Vaya que es complicado encontrarlo. ¿Sabe cuántos colegas lo están buscando?

El bigotón se abrió la gabardina de modo que yo pudiera ver la placa prendida a su cinturón. Era un tipo robusto, unos años más viejo que yo.

—El jefe McGrau quiere verlo.

—Ya no es mi jefe.

—Es una emergencia.

—Para los policías será una emergencia: para mí no lo es.

Giró en dirección de la calle, donde caían las primeras gotas de lluvia, y se peinó las puntas del bigote:

—Mire, todo esto es muy desagradable, lo siento, pero prometí que no volvería sin usted. Hay un cadáver frente al Sena, a unos pasos de aquí, y el jefe quiere que usted lo examine.

—No tengo por qué. Ya hay muchos muertos en mi vida.

Mucho menos paciente que el de los bigotes, el gorila se puso de pie. Le vi la intención de poner sus pezuñas sobre mí, pero el bigotón le advirtió con un gesto de la cabeza: *No, no lo hagas, ni se te ocurra, no sabes de lo que este muchacho es capaz.* Azuzados por el mesero, dos clientes que bebían en la mesa más próxima se pusieron de pie y se mudaron a otro rincón. El bigotón suspiró y movió el cuello muy despacio, hasta que sus articulaciones crujieron. Entonces usó la peor de sus armas contra mí:

—Se trata de una mujer que usted conoció. Una maga.

Y vaya que me puse de pie y subimos a su auto.

2

Un crimen doble

Llovía sobre el Muelle de la Curtiduría. Una lluvia fina y persistente, que terminaba por empapar. Cuando llegamos a la escena del crimen había un policía en cada esquina, desviando a los pocos vehículos que circulaban a esa hora. Nos estacionamos frente a la Calle del Sacrificio.

El bigotón me indicó que bajara del auto y, antes de que pudiera moverme, el gorila me empujó con una de sus manazas.

—¡Vamos! ¡Lo están esperando!

Me escoltaron hasta las escaleras del puente. Visto desde arriba, el mantel que usaron para cubrir el bulto relucía bajo la luz del farol. ¿Qué sería de los muertos del Sena sin los manteles de los restaurantes parisinos?

Junto a los peritos de homicidios había unos cuantos agentes de la Brigada Nocturna, colegas que yo no quería saludar. Pero el bigotón silbó un par de veces y la figura enorme del comisario Mc-Grau asomó de entre las sombras.

—¡Le Noir! ¡Ven acá!

Esquivé al policía de guardia y bajé por la rampa hacia el muelle. A los pocos pasos tropecé con el forense de nuestra brigada, el doctor Rotondi:

—Lo siento, muchacho. Lamento que te hayan llamado para una labor tan ingrata.

Sentí que el corazón se me escapaba por la garganta.

Caminé hacia la víctima. Le Vert y Le Blanc trataron de detenerme:

—Espera, viejo, espera. El jefe quiere hablar contigo primero.

—¡Detente, Le Noir! ¡Escucha!

—Háganse a un lado, por favor.

Semioculto en las sombras, el comisario miró a mis colegas y asintió. Ellos se hicieron a un lado y el doctor alzó la tela rojiza y brillante. Aún me gritaron:

—Viejo, tú te lo buscas.

—¡Como si no fuéramos colegas!

Lo primero que vi fue que no era un cuerpo, sino dos; él era un anciano de cabello blanco, con un traje muy distinguido, su cuerpo lucía retorcido, como si intentara alcanzar algo que tuviera en la espalda: apenas le dediqué un parpadeo. En cambio, ella ostentaba una capa azul, que relucía con la lluvia y contrastaba con su vestido de terciopelo oscuro, más negro que la misma noche. Estuve a punto de saltar cuando el doctor Rotondi movió la parte restante del mantel. Vi la sedosa melena larga, las bellas cejas espesas, el delicado rostro alargado, la piel muy blanca y los labios pintados con el color del vino. En el cuello colgaba la joya de color rojo, coronada por la figura de un dragón negro. Pero no era Mariska.

Las manos me temblaban de rabia cuando el jefe apareció junto a mí.

—No es ella. ¿Por qué me hizo venir?

McGrau señaló a los dos muertos:

—Esos dos eran Markus y Louise Bajai, gente muy apreciada en el gremio: eran los mentores de tu amiga. La hospedaron cuando llegó a Francia, le enseñaron secretos importantes de su oficio, la ayudaron a instalarse y, según parece, también la buscaban con desesperación en las últimas horas.

Entonces se interrumpió y arrojó el puro a las sombras.

—¡Zim! ¡Largo de aquí!

Un joven asomó tras la barda, bastante pálido:

—Mil disculpas, comisario. Pasaba por el barrio y vi las patrullas…

—¡Hace quince minutos que te veo merodeando!

—¿Quiénes son los muertos? ¿Me dará una entrevista?

—¡Largo!

El joven reportero sonrió, apenado, y se fue. En el fondo era buena persona ese Georges Zim o Zimmenon; si no acechara a la policía todo el tiempo, incluso sería simpático. No debe ser fácil escribir la nota de hechos violentos de París.

El comisario McGrau esperó a que se alejara el periodista y me indicó que nos instaláramos a la sombra de un árbol, a fin de guarecernos del agua. Una vez allí abrió una cajita de madera como las que usamos para guardar pruebas y sacó una hoja de papel.

—Markus llevaba esto consigo.

Me incliné sobre el documento, donde alguien había apuntado a mano y con tinta verde:

Tendremos una reunión extraordinaria,
este sábado a las 19h, en el castillo.
Se convoca a:
Aragon   Breton   Buñuel   Crevel
Dalí   Drieu   Duhamel   Éluard
Ernst   James   Masson   Magritte
Naville   Péret   Tanguy   quizás Tzara
Para acabar con el problema de una vez por todas.

—Tengo razones para sospechar que quien mató a los magos tiene a tu amiga. No hay tiempo que perder.

—Comisario... Hace tres días le entregué mi renuncia.

—¡La rompí de inmediato, Le Noir! Mira, la única manera de que encuentres a tu amiga es que regreses al trabajo.

La lluvia ganó fuerza en ese rincón de París. La oí arreciar hasta que el jefe gruñó:

—Vamos, Le Noir, cada minuto cuenta.

Miré el papel con su lista de sospechosos y pensé que, en efecto, habría mucho movimiento en las próximas horas.

3

Una misión desesperada

—No sé cómo te las ingenias para llegar tarde a todo, Le Noir. Teníamos ocho días tras tus pasos. ¡Te dejé mensajes hasta debajo de las piedras!

Así rugía el comisario McGrau cuando estaba impaciente. Con el tiempo uno podía distinguir todas las variantes de su mal humor.

Lo conocí en el entierro de mi abuela, Madame Palacios. De pronto, como salido de la nada, un personaje corpulento fue a darles las condolencias a los amigos de mi abuela, principalmente magos y adivinos, y de repente estaba junto a mí:

—¿Señor Pierre Le Noir? Soy el comisario McGrau, de la policía. Necesito hablar con usted.

Nunca imaginé que esa charla cambiaría mi destino.

—Me dicen que usted atendió a su abuela en el momento del deceso. ¿Percibió algo fuera de lo común? ¿Alguna agresión o presencia inusitada?

—No, señor.

A mi abuela la visitaba todo tipo de personajes extraños: condes, baronesas, millonarios, deportistas, cantantes; gente crédula que deseaba conocer su destino o personas que vivieron una gran tragedia y deseaban comunicarse con un muerto en particular. Pero nada violento ocurrió antes de su muerte. Una semana antes ella misma predijo su deceso por causas naturales. Se despidió de mí, se recostó, cerró los ojos y murió mientras dormía. Esto le expliqué al comisario y él asintió.

—Lo siento mucho.

De inmediato encendió un puro y lanzó el humo hacia el techo sin dejar de estudiarme.

—¿Qué edad tiene usted?

—La semana que viene cumpliré dieciocho.

—Me dicen que la cuenta bancaria de su abuela está congelada por el lapso que marca la ley; que el casero le pidió el departamento a partir de hoy. ¿Tiene cómo vivir?

—Podría vivir un tiempo de mis ahorros… si encuentro trabajo en dos horas.

El comisario McGrau meneó la cabeza:

—No está bien que un nieto de Beatriz Palacios no tenga dónde dormir. Como vidente, su abuela prestó servicios inestimables a la Brigada Nocturna. Y fue gran amiga mía. ¿Por qué no se muda a un hotel mientras encuentra algo mejor? Los gastos corren por cuenta de la Brigada.

El comisario no aceptó mis excusas:

—No se hable más. Venga, vamos por sus cosas.

Y fue así como pasé a casa de mi abuela a recoger lo indispensable. El comisario habló con el casero y este me permitió recoger mi ropa y algunos recuerdos; prometió clausurar la puerta hasta que yo volviera o regresaran mis padres, y nos fuimos de allí. Por poco olvido el amuleto que mi abuela me obsequió. Los últimos días de su vida insistió en que lo portara siempre:

—Póntelo en el cuello, debajo de la ropa; o en el saco, cerca del corazón; debes portarlo día y noche, aunque no creas en él. Cosas muy extrañas van a ocurrir en París, Pierre, y esto podría protegerte.

A esas alturas yo no le hacía mucho caso a mi abuela, seguro de que entre la verdad y el delirio por fin había elegido el segundo. Pero una promesa en un lecho de muerte debe cumplirse.

Así que me di media vuelta, entré de nuevo al departamento y abrí su mesa de noche: la joya estaba ahí, en una caja de madera, envuelta por dos capas de seda.

Hasta ese momento, nunca la había observado con atención. Era una piedra del color del rubí, sujeta por un marco y una cadena dorada. A la luz de la tarde refulgía como si tuviera dentro una bola de fuego. No pude controlar el impulso de elevarla al nivel de mis ojos y ver la habitación a través de ella.

Sentí que todos los ruidos de la calle se esfumaban. Que una luz azafranada bañaba la recámara. Y a medida que observaba las cosas, cada elemento de la habitación parecía un objeto extraordinario, digno de ser examinado, como si tuviera una historia por contar. Si miraba el abrecartas antiguo, me parecía distinguir a un hombre vestido a la moda del siglo XVIII que lo usaba para abrir su correspondencia; si veía el retrato de juventud de mi abuela, junto a él aparecía un pintor de largos bigotes que hablaba con mi parienta mientras trazaba su figura en unas cuantas líneas entusiastas sobre un lienzo; incluso las esculturas antiguas que estaban a ambos lados de su cama, y de las cuales me dijo que eran un recuerdo de su viaje por Egipto, parecían atraer hacia ellas toda la arena y el sol del Sahara. Me hubiera quedado allí para explorarlo todo, pero la luz se desvaneció porque el comisario tomó la joya de entre mis dedos:

—No puedo creerlo... ¿Me permite?

A McGrau se le cayó la quijada:

—¡"El Fuego del Nilo"! Nunca sospeché que su abuela lo tenía...

—¿Se refiere a la joya?

—Es... un amuleto famoso que muchos buscamos en vano desde hace décadas. Vaya, nunca se me hubiera ocurrido que ella... Sería conveniente que lo entregue a la policía.

—¿Es una pieza robada?

—No.

—Entonces la conservaré yo mismo, señor: fue la última voluntad de mi abuela.

El comisario sonrió:

—Como usted prefiera. Si las leyendas son ciertas, esta piedra puede traerle mucha alegría y mucho dolor a su propietario; salvarle la vida o ponerla en peligro... Si insiste en quedarse con ella, le recomiendo que la guarde en un lugar seguro y no la muestre a cualquiera. Vamos —señaló la salida—, lo llevaré a su nuevo domicilio.

Una patrulla que esperaba en la calle nos condujo al Hôtel des Grands Hommes, justo frente al Panthéon: un sitio que había visto mejores días antes de la guerra. El gerente ya nos aguardaba. Luego de estrechar la mano del comisario, me entregó las llaves de la famosa habitación 701: una buhardilla en la esquina sur del último piso, con escritorio, armario y un lavabo, coronada por dos ventanas rectangulares que dejaban ver buena parte del barrio. Aunque no podía dar cinco pasos sin topar con las paredes, me pareció uno de los lugares más estupendos del mundo. Dejé allí mis cosas y bajé a hablar con el comandante, que ya me esperaba en el restaurante del hotel.

—Ponga atención, muchacho: voy a hacerle una propuesta.

Pidió para ambos filete a la *bourguignon*, ensalada italiana con tomates secos y una botella de vino. De postre nos llevaron ocho quesos exquisitos: dos comtés afrutados, duros ante el cuchillo y exquisitos al paladar; dos *bleus* diminutos, tan olorosos y explosivos como deben ser; una rebanada de roquefort que se derretía como mantequilla; dos increíbles pedazos de brie y camembert, y la estrella del *show*: un queso pequeñito y redondo como una moneda.

—¿Ha probado el rocamadour? —Sonrió el comisario, a la vez que me invitaba a servirme.

—No sabía que existía.

—No cualquiera lo conoce.

El primer bocado me deslumbró por completo. Era un sabor tan alegre e intenso que se diría que el queso estaba vivo y listo a embelesar a quien tuviera la fortuna de probarlo. En el arte de gozar la comida, franceses e italianos llevan la delantera.

—Dígame una cosa —el jefe me miraba con atención—: entiendo que usted organizaba la biblioteca y la correspondencia de su abuela. ¿Es verdad?

—Las carpetas con las cuentas de sus clientes, sobre todo. Y su librero. Vivo… o vivía con ella desde hace seis meses. Yo me había peleado con mis papás y acepté su invitación.

—¿Qué hacen sus padres?

—Son profesores de idiomas. Se mudaron a Italia. Yo preferí quedarme en París.

—¿Y la escuela?

—Terminé el liceo hace poco y necesitaba un tiempo para tomar decisiones.

—¿Por qué no viene a trabajar con nosotros? Necesito que alguien se encargue de nuestros archivos.

—¿Los archivos de la policía de París?

—De toda la policía no. De la Brigada Nocturna.

Me explicó, mientras señalaba los quesos, que había cuatro departamentos principales: las brigadas de Estupefacientes, Robos, Secuestros y Homicidios, cada una con su respectivo comisario. Entonces empujó con el cuchillo el más pequeño de todos los quesos y lo colocó en el centro del plato:

—Nosotros somos como el rocamadour. Estamos por encima de todas las brigadas anteriores, pero muy pocos nos conocen. Si fallan nuestros colegas, ahí estamos nosotros, la quinta brigada, o *la Nocturna*, como la llaman mis agentes. Por encima de nosotros sólo se encuentran el director de la policía judicial y, más arriba, el señor procurador.

—Parece una gran responsabilidad...

El comisario meneó la cabeza:

—Nos ocupamos de los casos que no pueden resolverse a través de una explicación racional. Cada vez que ocurre un delito que desafía a la ciencia criminológica, el procurador recurre a nosotros. Tenemos especialistas en venenos antiguos, un forense que podría hacer la disección de un minotauro, un fotógrafo que retrata lo que es imperceptible a primera vista, un cartógrafo que conoce todos los nombres que han tenido las calles de París y otras ciudades de Europa, por no mencionar a los historiadores de lo oculto, las asesoras en magia, en leyendas antiguas... La mayor parte de nuestra biblioteca está en lenguas europeas vivas, pero una sección del fondo se encuentra en griego antiguo y latín, y tenemos papiros en lenguas asiáticas. Si quiere conocer un tratado sobre la magia que fue relevante en el siglo XII o un estudio sobre venenos raros y sus antídotos, le aseguro que nosotros lo tenemos.

—No sabía que existía algo así...

—Pocos lo saben. El gobierno solicita nuestro apoyo con frecuencia, y de un tiempo a la fecha no nos damos abasto para atender todas las peticiones, por lo que buscamos un ayudante.

Yo había organizado alfabéticamente los libros y los archivos de mi abuela, y aprendí a cuidarlos del polvo y la humedad, así como a dar cuidados especiales a unos cuantos manuscritos muy antiguos que, antes de morir, le obsequió a la Sorbonne, de manera que la perspectiva no me intimidaba. En cambio, sentí una gran curiosidad por conocer esa biblioteca. Quizás fue la copa de vino —la cabeza me daba vueltas a esas alturas de la cena— el caso es que acepté.

—Muy bien —el comisario sonrió y tomó un apunte en una pequeña libreta—. Vaya a buscarme mañana a las ocho en punto. Identifíquese como "Pierre Le Noir". Ése será su nombre en clave y el único que usará dentro de la oficina. ¿Entendido?

—¿Es indispensable usar un nombre falso?

—Solo si quiere llegar a viejo. Lo espero en el Muelle de los Orfebres, en el número treinta y seis.

Tomó su sombrero y se puso de pie. Antes de irse, me miró:

—Pregunte por la escalera azul. Y no sea impuntual. En esta brigada, cada minuto importa.

Y así fue como entré a la Casa Grande, como le llaman a la policía de París. Archivista auxiliar de la Brigada Nocturna primero y detective después. Pero eso ya lo conté antes, en unas memorias que, creo, aún circulan por ahí.*

La madrugada que aparecieron los cuerpos de los Bajai, yo sufría un enorme dolor de cabeza: durante dos días no había pegado el ojo, consciente de

---

* N. del E.: Le Noir se refiere a *Catorce colmillos* y *Muerte en el Jardín de la Luna*, las primeras dos partes de sus memorias, traducidas y corregidas por Martín Solares.

que en casos de secuestro o desaparición las primeras horas son cruciales si se quiere hallar viva a la víctima. No había parado de interrogar tanto a mis informantes habituales como a los viejos conocidos de mi abuela, pero nadie había visto a Mariska o no quería hablar del asunto. Los soplones se habían vuelto muy silenciosos desde que París fue invadido por Los Jabalíes: un grupo de asesinos muy bien entrenados, tan seguros de sí mismos que atacaron las oficinas de la policía. Pero quizás lo más aterrador de ellos es que practicaban una variante muy peculiar del canibalismo. Cuando detuvimos a su jefe, los sobrevivientes se dispersaron por la ciudad. Pero creo que ya es tiempo de volver al tema principal.

La noche que mataron a los magos, tan pronto llegamos a su oficina, el jefe me mostró la foto de un hombre de unos setenta años, de cabello tan blanco y ojos tan claros que casi no se veían. Se diría que estaba mirando al más allá, o que el más allá veía a través de él. En su saco, el hombre lucía una copia de la joya en forma de dragón, idéntica a la que portaban los magos hallados en el Sena. Idéntica a la que suele portar Mariska también.

—Este caballero se llamaba Ferenc Kálman y era el socio de los Bajai. El señor Kálman fue asesinado hace una semana, en circunstancias muy similares a las que rodean la muerte de Markus y Louise Bajai. A Ferenc lo encontramos a la orilla del Sena, también de madrugada, y sus heridas no eran perceptibles a simple vista. Él y los Bajai compartían una tienda de magia en Les Halles. Cuando Ferenc apareció muerto advertimos que su local había sido vandalizado: destrozaron sillones y almohadas, rompieron los escritorios, desgarraron cortinas, arañaron las paredes... en fin: pensé en nuestros amigos, Los Jabalíes.

Me mostró las fotos del expediente: en las imágenes se apreciaban numerosas hileras de rasguños sobre puertas y paredes, como si el agresor hubiera empleado instrumentos afilados de tamaño descomunal:

—Quienes atacaron el estudio de Mariska dejaron rastros muy similares. ¿Son los mismos sujetos?

—Eso es lo que me desconcierta: parecen ser dos tipos de atacantes. Como tú aprendiste en carne propia, cuando Los Jabalíes quieren liquidar a alguien no lo rasguñan: destrozan el cuerpo de sus enemigos. Disfrutan esparcir la sangre de sus presas. En el caso de los magos, sus heridas son demasiado sutiles para ellos: apenas un piquete en la nuca. No, no fueron Los Jabalíes; quien haya atacado a Kálman y a los Bajai es un asesino frío y calculador. Y ya tenemos un sospechoso.

El jefe miró por la ventana:

—La llaman "La Mujer Desnuda"... Sabemos poco sobre ella, pero lo poco que sabemos la señala como culpable de una decena de asesinatos violentos. Su manera de acechar y actuar hace de ella una criatura mucho más peligrosa y compleja.

—¿Más peligrosa que Los Jabalíes?

—Hace un par de semanas uno de nuestros informantes confirmó que La Mujer Desnuda se apareció en las reuniones de ese grupo de artistas que tú has frecuentado, los surrealistas. Es muy probable que se manifieste de nuevo en los próximos días, cuando los artistas se reúnan, y hemos pensado que podrías hacerte cargo de esto. Si quieres ayudar a Mariska, es muy probable que halles una pista en esa reunión.

—¿Iré yo solo?

—Estamos desbordados, Le Noir: no nos damos abasto para encontrar a todos Los Jabalíes. Los agentes con experiencia en combate deben quedarse en París, en caso de que ocurra otra escaramuza. ¿Sabes cuántos civiles desaparecen en promedio al día desde que llegaron Los Jabalíes? Mientras tanto, el tiempo corre, Le Noir, y si no actuamos ahora, es probable que jamás veamos de nuevo a tu amiga. Tienes que vigilar a ese grupo.

—¿Por qué está tan seguro?

—La noche en que asaltaron su casa nuestro informante de confianza la vio salir apresuradamente de las oficinas de los surrealistas, en compañía de la persona que vas a interrogar. Hasta ahí llega la pista. Ahora dime, ¿vas a encargarte de esto sí o no?

—¿Qué debo hacer?

Un gran barullo llegó del pasillo. El jefe se puso de pie y abrió la puerta:

—¿Qué está pasando?

Se oyó la voz de Le Bleu:

—Avistaron a otro jabalí, comisario. A dos calles.

—Vayan por él. Y monten una guardia alrededor de las oficinas. No quiero que se repita la visita de la semana pasada.

—No, señor.

McGrau regresó y se apoyó en su escritorio:

—Necesito que vayas a interrogar a nuestro principal sospechoso. Se oculta en un viejo castillo en reconstrucción, transformado en hotel: el Manoir d'Ango. ¿Anotaste? El Manoir d'Ango. Toma el primer tren a Varengeville-sur-Mer.

—¿A dónde?

El jefe señaló vagamente a la parte más alta de un mapa de Francia que se hallaba en el muro:

—Varengeville-sur-Mer, al norte de Normandía.

—Nunca había oído hablar de ese lugar.

—¡Y, sin embargo, es muy relevante! ¡Muchos de mis agentes han muerto ahí!

—¿Cómo dice?

—Por hallarse al borde del mar, por el estupendo punto de observación que ofrecen sus puertos, ha sido la entrada ideal para espías e invasores. Vikingos, británicos, holandeses, agentes prusianos… Todos han entrado por allí, y esta brigada ha perdido a más de un agente en esa región a lo largo de los años. En fin: no pierdas el tren, corre a la estación Saint-Lazare e interroga al sospechoso.

—¿Cómo se llama?

—André Breton.

—¿El poeta? Oiga, comisario…

—Sé que ya lo conoces. Por eso te he asignado la misión: te encontraste con él y sus seguidores, creyeron en tu coartada, así que los vas a infiltrar. Todos estarán ahí.

—¿Tenemos expedientes de estas personas? Son tipos muy irritables, que no soportan a la policía. Cualquier error podría costarme muy caro.

—No te fue tan mal la última vez, ¿o sí?

El jefe se refería al trabajo que desempeñé hace hace dos semanas: la noche que detuvimos al doctor Roman Petrosian fingí ser un poeta y periodista belga a fin de entrar a una reunión privada, en la que estaban Breton y sus colegas. A Breton apenas lo traté brevemente: yo iba encubierto, y mi objetivo era otro, pero tuve ocasión de hablar un poco con él. Conversé con Picasso y Tristan Tzara, hablé con los condes de Noailles, fui al estudio de Man Ray y Kiki, tuve algunas dificultades, pero nunca reporté los detalles, por eso me extrañaba la seguridad de McGrau:

—¿Cómo sabe eso? ¿Tiene otro informante entre ellos?

—Me temo, querido amigo, que eso es confidencial.

Y lanzó dos nubes de humo de su puro mientras su rostro se arrugaba de un modo extraño. Si no lo conociera, diría que era una sonrisa.

—Bueno, mi coartada funcionará mejor si tengo más información sobre ellos... Un reportero debe estar informado.

—Fleur te llevará algunos de sus expedientes a la estación de trenes. Espérala en El Café Perdido. Ahora, corre. Pero antes...

—¿Sí, comisario?

—¿Llevas un arma?

—Er... no.

—¿Y la pistola reglamentaria?

—La perdí cuando hui de Los Jabalíes. Debió caerse en el mar de Marsella.

—¿Y el arma que te dio Monte-Cristo? ¡No me digas que perdiste ese sable también!

—Se lo llevó él mismo al terminar la batalla.

—Debiste entregarlo a esta oficina. ¡Pertenece al Estado francés!

El jefe gruñó y sacó una diminuta botella de aceite de un armario de cristal sobre su escritorio.

—¿Tienes contigo el talismán de tu abuela?

—Nunca me separo de él.

—Ponlo aquí.

Porque no podía negarme, me quité el collar y coloqué la joya en el escritorio frente a él.

Antes de que pudiera impedirlo, el jefe inclinó la botella de aceite sobre el talismán de mi abuela y dejó caer una gruesa gota de color blancuzco, espesa como cera derretida, que restregó sobre la joya.

—¿Qué hace?

—Vas a los acantilados, al cementerio marino, a viejos campos de batalla, a un sitio en el que hay miles de distracciones. Si te detienes a examinar cada hecho sobrenatural que se manifiesta por ahí, correrás un riesgo mortal. Es preferible que no te distraigas con… lo que sea que te permite ver este amuleto… Un poco de aceite de los seguidores de Pablo de Tarso, y *voilà*, no tienes ese problema. En amuletos y en humanos no hay que confiar demasiado…

—Oiga, ¿qué está haciendo?

—Tranquilo, sólo durará una semana. Tiempo suficiente para que resuelvas este caso. Ahora sólo verás a las apariciones que podrían atentar contra tu vida.

—¿No le parece contradictorio? Me está enviando a buscar a un ser sobrenatural... ¡Y perjudica el talismán que, según mi abuela, me permite verlos!

—Pierre: este fantasma es de los que no se esconden. Si llegas a toparte con él o ella, si confirmas su existencia, lo verás sin necesidad de amuletos. Entonces el talismán te será de grandísima ayuda, pero debes encontrar al fantasma primero. El aceite reduce unos dones del talismán, pero acentúa otros... y eso es lo que vas a requerir. Créeme, ya he pasado por esto antes. Y toma...

El jefe abrió su cajón y sacó dos pistolas:

—Si es lo que estamos pensando, no solo deberás cuidarte de lo invisible, sino de lo visible.

Me dio a elegir entre una pequeña y discreta 22, que se podía esconder cuando uno cerraba el puño, y una enorme y brillante 38, con un cargador de balas especiales, de las que se usan en esta Brigada. Luego de dudar entre ambas, tomé la 38: con los artistas y el mundito en que se mueven nunca sobran precauciones.

4

Cosas que se aparecen en los trenes

A las seis y veinte de la mañana la muchedumbre crecía y crecía en el centro de la estación. Cada minuto entraban nuevas oleadas de viajeros a Saint-Lazare, pero no había el menor rastro de Fleur ni del punto de encuentro.

Si exceptuamos los puestos de periódicos y la taquilla, a esas horas sólo dos locales estaban abiertos: El Último Café y Las Delicias de Saint-Lazaire, pero los meseros casi se rieron cuando pregunté por El Café Perdido.

Cuando la angustia me invadió, corrí a buscar el tren que salía a Varengeville: no había mención alguna a esa ciudad en el anuncio que se ubicaba sobre las taquillas. Me pregunté si me habría confundido de terminal o de nombre: el caso arrancaba muy mal.

Una dependiente malhumorada, en la ventanilla de Información, me explicó que no había tren directo hasta allá:

—Vaya al andén nueve. Debe ir a Dieppe, descender ahí y buscar algún modo de ir hasta su destino.

—¿Cómo que "algún modo"?

—Hombre, no es usted un niño, ¡ya lo resolverá al llegar! Ande, llévese un mapa de Francia, y que tenga buen día, caballero. El siguiente en la fila, por favor.

Aún buscaba Varengeville en el mapa cuando alguien me picó las costillas:

—Mira nada más —el gorila y Jules me flanquearon de nuevo—, el sospechoso del muelle…

—¿No deberías estar bajo arresto? ¡El comisario estaba muy enojado contigo! Un agente que se le esconde tres días…

El gorila no podía disimular su irritación. Si hubiera sido por él, me habría llevado a empujones a una mazmorra.

—¿Cómo hiciste para que no te arrestaran? Tienes influencias, ¿verdad? Nadie entra tan joven a la policía. Los recomendados como tú le hacen mucho daño a nuestra profesión.

Luego de darme un empujón, se dirigió a Jules:

—Voy por los boletos.

Su colega me ofreció un cigarrillo.

—Perdona a mi socio. El agente Goriot es de la vieja guardia. Cuando no entiende algo, se irrita.

—No parece entender muchas cosas.

—Concuerdo en que no es un cerebrito. Ningún Anatole France…

—Tiene la inteligencia de un ladrillo.

—De hecho, conozco ladrillos más inteligentes que él. —Sonrió Jules—. Pero es útil para la maquinaria.

—¿La maquinaria?

—Sí, la maquinaria de la policía. El Ladrillo, como tú lo llamas, sabe identificar y detener a los maleantes más rudos del país. Es incapaz de leer o de escribir un informe, pero si alguien le señala a un sospechoso, puede desarmarlo, aunque el otro tenga una tonelada de armas consigo.

—¿Y si el sospechoso tiene un cuchillo?

—El Ladrillo sacaría su revólver.

—¿Y si el otro estuviera dentro de un tanque?

—Lo convencería de que se baje a revisar las ruedas y entonces le apuntaría con el revólver.

—¿Cómo dijo que se llama, agente?

—Jules. Jules Renard.

—Usted, Jules, ¿qué papel juega en la maquinaria de la policía?

—Yo solo soy una tuerca, un resorte en el mejor de los casos. Como todos los policías de la calle.

Me caía bien ese colega.

—¿De dónde viene su acento, Jules? ¿Del centro del país?

—De Saint-Fiacre, para ser precisos.

Estrechamos las manos:

—Despídame del Ladrillo. Debo correr al andén nueve.

Jules enrojeció:

—No me diga que usted también va a Dieppe…

Nos miramos con desconfianza.

—Tengo una misión allá.

—¿Qué va a hacer ahí?

—Es confidencial.

—¡Lo mío también!

—Dejémoslo así.

—Espere, espere, espere, Le Noir… ¿No será otra de esas situaciones en que dos brigadas envían a sus agentes a investigar el mismo caso, solo por ver quién lo soluciona primero? Los jefes de tu brigada y la mía siempre están compitiendo… ¿Por qué no nos sinceramos? Me molestaría muchísimo averiguar que nos enviaron a resolver la misma cuestión.

—No creo que sea el caso. —Sonreí—. Digamos que trabajamos en planos diferentes. Ustedes abajo, nosotros arriba.

—¿Vamos a jugar a las carreras?

—No compito, solo hago mi trabajo.

Jules tiró su cigarro con furia:

—¿Qué le encomendaron?

—No puedo decirlo, Jules. Lo siento.

—¿No será el caso que estoy pensando? ¿O sí? El que ocurre en el bosque…

Estuve a punto de compartirlo todo, pues Jules me inspiraba confianza, pero sabía que esa indiscreción tendría graves consecuencias si el jefe se llegaba a enterar. Incluso podían expulsarme de la Brigada:

—Lo siento: no sé de qué habla.

—Varengeville es un pueblo pequeño, Pierre. Sin duda nos encontraremos.

—Supongo que sí. Ahora, con su permiso…

La simpatía entre detectives no dura gran cosa.

Me instalé en el cruce de los dos pasillos principales, justo donde las corrientes de viajeros se mezclaban, hasta que el reloj dio las seis y media. Una jaqueca muy fuerte me rondaba.

Perdía la esperanza de encontrar a Fleur cuando distinguí la lluvia pelirroja de su cabellera flotando en medio de la multitud, y se acabó mi dolor de cabeza.

Desde que entré a la policía, Fleur fue una de las pocas personas que me ayudaron. Yo era un joven archivista sin experiencia alguna de la vida, que a diario temía ser despedido por impericia, pero gracias a ella, a la directora en jefe de los archivos, y sus divertidos consejos, poco a poco aprendí a descifrar las cuestiones básicas en la compleja maquinaria de la Nocturna.

Cada vez que tuve problemas para entender las instrucciones de McGrau, bastaba con enviarle un mensaje a mi amiga y, de inmediato, Fleur me citaba en alguno de los pasillos de la oficina, con el pretexto de fumar un cigarro. Una vez allí me daba un curso acelerado sobre el tema, con los datos esenciales —tan pronto terminaba de reírse de mi ignorancia—. Yo la escuchaba como si fuera un oráculo.

Teníamos algo en común: nuestra buena memoria para los rostros. Yo desarrollé eso a puntapiés, mientras trabajaba como archivista; ella descubrió que poseía esa destreza cuando hacía su doctorado en Historia. Su bella frente de luna pecosa era una auténtica biblioteca que podía identificar en un instante a miles de personas, no solo a funcionarios del gobierno o respetables políticos, sino también a criminales, artistas, actrices y aspirantes, incluso a millonarios taimados que pocas veces se asomaban por las calles de París.

—¡Lamento mucho lo de Mariska! —Me saludó con los dos besos reglamentarios—. Qué bueno que te asignaron a ti.

—Lo sé. No puedo pensar en otra cosa.

—¿Por qué no me esperaste en El Café Perdido?

—¡Porque no puedo encontrarlo!

—Es normal —resopló—. Sígueme de cerca.

Caminó hacia una de las farolas y la rodeó. Hasta entonces reparé en un minúsculo café junto a la taquilla: un local tan estrecho que solo cabían cuatro mesitas en fila india. Fuimos a sentarnos ahí y un mesero oloroso a loción se acercó a pedirnos la orden.

—Bienvenidos, colegas.

—Hola, Jean: tráeme un café y un pan con chocolate.

—Un espresso doble para mí.

En cuanto el mesero se retiró, Fleur me entregó dos sobres pequeños:

—Aquí tienes el boleto y algo de efectivo que te manda el jefe, suficiente para que te instales en el hotel durante estos días. Sales por el andén nueve en media hora.

—¡Ey! Aquí dice "Rouen".

Mi colega dio un primer jalón impaciente al cigarrillo:

—Obvio: primero tomas el tren de las siete a Rouen, luego un tren regional hasta Dieppe, al final de la línea.

—¿Varengeville es una ciudad real o es… una especie de aparición fantasmal? No la encuentro en el mapa…

Fleur elevó las dos cejas:

—Claro que existe. Vas a Rouen, luego a Dieppe, allí tomas un taxi a Varengeville y le pides que te lleve al Manoir: está a veinte minutos en auto, casi al borde del acantilado. Toma… —Me entregó un bloque de tarjetas impresas—. Tu acreditación.

Decían: "Pierre Le Noir, reportero de *La Libertad*" y daban una dirección en Bruselas. Eran bonitas, impresas a dos tintas. Habían hecho un buen trabajo, salvo por un detalle:

—¿Bélgica? ¿Debo seguir con ese engaño?

—Breton conoce a muchos periodistas de París. No lograrías engañarlo. Diles que eres corresponsal de un diario extranjero.

Nos sirvieron el desayuno: Fleur sonrió antes de morder su croissant y yo me aferré a mi café como a un salvavidas.

—El viaje completo dura tres horas y media: al bajar en Rouen, dentro de dos horas, tienes el tiempo justo para cambiar de tren: no te distraigas... Aquí tienes todo lo que sabemos sobre los surrealistas. No te vas a aburrir.

Sacó un paquete grueso como una enciclopedia.

—¿Es una broma?

—¿A qué te refieres?

—¿No es demasiado?

—Uy, pequeño: te traje sólo lo más importante. Tenemos registrados a sesenta individuos como miembros del grupo. Y no estoy contando a los aspirantes...

—¡Uf!

—¿Tú crees que la policía francesa se cruza de brazos? ¡Hace rato que vigilamos a estos angelitos! Además, son los poetas más escandalosos de Francia.

—Hasta hace poco no los conocía.

—¿En qué mundo vives, Pierre? ¡De vez en cuando no está mal leer periódicos y revistas! ¡La cultura no duele!

—No duele, incluso fui a una de sus reuniones…

—Bueno, ahora tienes tres horas para conocerlos en profundidad. —Sonrió y empujó el paquete con los expedientes hacia mí—. Son copias, así que, cuando termines, quémalos: es orden del jefe, no te arriesgues a que alguien los vea.

Tomé el bulto con desconfianza.

—¿Hay fotos aquí de los cabecillas? ¿De Breton, por ejemplo?

Fleur sonrió, escarbó un poco en el expediente y puso tres retratos junto a mi café.

El primero mostraba al sospechoso y a tres personas, todas con un espeso bigote falso, por divertirse. Otra captaba al mismo sujeto mientras asomaba a través de una hoja de papel blanco, vestido de traje y corbata, pero con unos anteojos para ver bajo el agua. La tercera fotografía lo mostraba trepado en una escalera portátil de madera, arriba de la cual un individuo sostenía una bicicleta y parecía a punto de lanzarse en ella.

—¿Qué le pasa a Breton? ¿Tiene problemas de drogas?

—No que sepamos. —Volvió a hurgar en su carpeta—. Aquí sale un poco mejor.

Me mostró un retrato menos borroso, donde Breton sostenía un cartel que ostentaba un letrero:

Para que ustedes puedan amar algo
es necesario
que lo hayan visto y comprendido
desde hace mucho, montón de idiotas.

Si tomamos en cuenta que el cartel incluía cuatro círculos concéntricos que se hallaban justo sobre el cuerpo de Breton, la foto era una especie de tiro al blanco: un desafío en todos los sentidos, como si el artista invitara a cualquiera a disparar contra él. Lo único bueno de esa imagen es que por fin pude hacerme una idea nítida de sus rasgos y distinguirlo de sus colegas.

A Breton lo había conocido semanas antes, en la fiesta de los condes de Noailles. Solo coincidimos unos minutos, pero me impresionó la fuerza que emanaba de él y el respeto que le mostraban los presentes. Era inevitable pensar en un coronel, endurecido por las obligaciones de la guerra, o, mejor aún, en un joven juez, acostumbrado a imponer su autoridad. En esa foto, lo primero que llamaba la atención era la posición agresiva de las cejas, la mirada de inquisidor y la expresión sarcástica de los labios sobre la ancha barbilla cuadrada. También destacaba la extraña combinación de rasgos en su rostro: pómulos muy grandes, frente muy alta y una densa melena larga, que evidentemente recortaba él mismo, pues, a pesar de que la engominaba con esmero hacia atrás, aquí y allá se alzaban algunos rizos rebeldes. Ni siquiera Picasso, cuando estaba más enojado, se veía tan amenazante ni irradiaba tanta autoridad. "Magnetismo" era la primera palabra que me venía a la mente, pero un magnetismo maldito, implacable, como el que despliegan ciertas cobras antes de atacar a sus presas. Aunque el sospechoso usaba unos lentes redondos, muy similares a los del famoso comediante Harold Lloyd, era imposible pensar en una comedia al ver esa mirada burlona, dirigida con evidente desprecio al pobre sujeto que sostenía la cámara: si lo observabas con atención, podrías apostar que el poeta estaba a punto de lanzarse contra el fotógrafo.

—Nuestro informante menciona que le gusta vestir de color verde de pies a cabeza, y no es extraño que porte bastón y monóculo.

—¿Y quién es nuestro informante? Si voy a estar entre ellos, sería bueno saber si puedo confiar en alguien, ¿no crees?

—Eso es información reservada, lo siento. El jefe me prohibió expresamente tocar el tema. Además, ya tienes que irte.

—¡Fleur!

—Ni hablar.

—Bueno, entonces cuéntame todo lo que puedas sobre ellos. No podré leer todo esto en tres horas.

Lanzó un vistazo a los andenes:

—Bueno, supongo que tenemos unos minutos…

Entre un sorbo y otro a su café, me explicó que el sospechoso era uno de los escritores más controvertidos de Francia: que en los últimos años había propiciado una serie de escándalos públicos cada vez más violentos. Entre 1919 y 1920 le dio por instalarse con otros miembros de su grupo en diversos cafés de los barrios más respetables y era conocido por insultar a cuanto cura, militar o funcionario público veía pasar frente a él, e incluso a hacerse de golpes con ellos, a raíz de lo cual tuvo que responder a numerosas denuncias por agresiones. La intervención de diversos amigos que estudiaban leyes, y de un tal Paul Éluard, que tenía cierta influencia entre los funcionarios de gobierno, le evitaron pasar una temporada en prisión.

—Y eso no es lo peor…

Según mi amiga, la policía tenía cada vez mayor interés en Breton, y no podía decirse que gozara de mucho respeto en el medio intelectual. Para los críticos y escritores de la vieja guardia el poeta era un agitador barato, un resentido, un menos que nada, un bravucón hecho y derecho que no respetaba a los muertos. Un cartucho gastado y maldito.

—Cuando murió el escritor Anatole France, de los más respetados en este país, juntó a varios de sus amiguitos, déjame ver... a Aragon, Éluard, Soupault y Drieu La Rochelle... y publicaron un panfleto insultante contra el muerto. Eso fue la gota que derramó el vaso: la prensa francesa entera los cubrió de insultos. Dijeron que cómo se atrevían a insultar a un gran escritor fallecido, a uno de los que habían defendido con mayor talento la noción de patria en sus novelas, que esas no eran costumbres de franceses respetables, sino de arribistas, de apaches, de chacales. Por ese chistecito Breton perdió su empleo y muchos de los empresarios que le daban de comer le dieron la espalda.

—¿En qué trabajaba?

—Él y Aragon eran asesores del modista Doucet.

—¿El diseñador famoso?

—El mismo, ya sabes: le gustaba aparecer como mecenas de los artistas y había contratado a estos dos. Por lo visto, Breton y Aragon eran una especie de secretarios suyos o asesores para diversos proyectos artísticos, pero la relación terminó porque no escarmentaron. Y apenas se aplacaba el escándalo que hicieron contra Anatole France cuando se les ocurrió insultar a otro gran escritor nacional: Maurice Barrès. Cuando estalló el nuevo escándalo, Doucet los puso de patitas en la calle, indignado por el ultraje que cometieron contra los novelistas más respetados del país. Y desde entonces, según entiendo, Breton sobrevive como puede: vende cuadros de sus amigos pintores, organiza exposiciones en galerías… Al parecer dirige una revista, que distribuye pero no financia la editorial Gallimard, donde él y su camarilla publican a todo tipo de inconformes y revoltosos: *La Revolución Surrealista*.

—¿Dijiste "Revolución"? ¿Como en "Revolución rusa" o "Revolución mexicana"?

—Tal como lo oyes. Para ello abrió una, agárrate, una Oficina de Investigaciones Surrealistas, en la calle de Grenelle. La tenemos estrechamente vigilada, pero no ha habido manera de revisar qué preparan, pues varios de ellos, en especial uno de los más aguerridos, cierto Antonin Artaud, duermen con frecuencia allí, de modo que siempre hay alguien de guardia, así que, si consigues infiltrar el movimiento, le harás un gran beneficio a la Brigada.

—Si salgo con vida.

—Lo dirás en broma, pero cuídate. A algunos, como Péret o Artaud, se les ha visto armados con navajas. Y según nuestro informante, que no se pierde sus reuniones, uno de los proyectos secretos del grupo implica dinamitar las estatuas más feas de París.

—¿Tienen dinamita? ¿Qué tipo de poetas son estos?

—De los peligrosos. Estuvieron en el frente, recuerda. Todos saben disparar y usar bayonetas.

Me entregó un libro, escrito a cuatro manos por el sospechoso y un tal Philippe Soupault: *Los campos magnéticos.*

—Si le pides una entrevista, este libro es el mejor pretexto. Es una cosa muy… ¿cómo decirlo? Muy experimental… Muchos jóvenes lo consideran algo innovador, vanguardista, a diferencia de los primeros poemas de Breton, que casi pasaron inadvertidos.

—¿Y cómo voy a entrevistarlo? No sé mucho de poesía.

—Te preparé un cuestionario básico, de cinco o seis preguntas. Espero que sirvan como punto de partida. Toma en cuenta que si te alejas de ese tema de conversación, sospechará de inmediato.

—Gracias, Fleur: estoy en deuda contigo.

Miró su reloj:

—Ya me invitarás otro chocolate. Y Pierre… no estaría mal que te aprendas los rostros de las siguientes personas, en caso de que te topes con ellos.

Antes de que yo pudiera detenerla, arrojó media docena de fotos de estos artistas sobre la mesa.

—Esta es la esposa de Breton, Simone. Este es Louis Aragon. Paul Éluard. Benjamin Péret. Tristan Tzara. Antonin Artaud. René Crevel. Marcel Duhamel. Este que mira de modo amenazante al fotógrafo es Philippe Soupault, el coautor del libro…

—Simone, Aragon, Éluard, Péret, Artaud, Crevel, Duhamel, Soupault con su bastón y… ¿cómo se llamaba el del monóculo? ¿Tzara?

—Nada mal. —Sonrió mi asesora—. Todos tienen al menos un arresto por hechos violentos. Quizás los expedientes no están al día, porque no ha sido fácil seguirles el paso: algunos cambian constantemente de domicilio, otros no llegan a dormir con frecuencia en los suyos, algunos se van sin pagarle al casero…

Sonó un silbato y miré mi reloj: el tren a Dieppe estaba a punto de irse.

—Llegó el momento, Pierre: no olvides quemar los papeles. Sería pésimo para la reputación de la Brigada que alguien los encuentre.

Me entregó una bolsa de papel:

—Toma, te hice un bocadillo para el camino. Eres capaz de saltarte la comida.

—Gracias… ¿Hay algo más que deba saber sobre el tal Breton?

—¡Sí! ¡Ten cuidado con su bastón!

Guardé el bolsillo en mi saco y los expedientes en la maleta y me puse de pie, pero Fleur me tomó de la mano:

—Encuentra a Mariska. Por favor.

—Haré todo lo que pueda. Te lo juro.

Mi amiga sonrió y me empujó fuera del café. Corrí al andén y subí al vagón un instante antes de que cerraran sus puertas: se oyó un segundo silbatazo sobre las vías y el aparato se puso en movimiento.

Tuve que atravesar tres carros hasta encontrar mi lugar. Cuando vi mi boleto reclamé mentalmente a Fleur: mi gabinete era el número trece. Era un mal augurio, pero no había otro lugar disponible, así que me instalé en el asiento y mientras miraba por la ventana me pregunté qué iba a encontrar en esa ciudad al borde de los acantilados, una ciudad que no aparece en los mapas y responde al nombre de Varengeville.

5

El viaje a los acantilados

Algo sabía Fleur de los viajes en tren, pues, para mi deleite, el asiento que me asignaron se hallaba en un gabinete de primera clase, con cuatro lugares disponibles que nadie más ocupó. Bueno, me dije, no está nada mal que haya tantos supersticiosos en Francia. Me instalé junto a la ventana y, dado que la mirilla y el seguro de la pistola se me clavaban en la pierna, guardé el arma en la maleta y dejé esta entreabierta en el asiento contiguo, solo por precaución.

A medida que el aparato ganaba velocidad rebasamos los últimos edificios de París, sucios y descuidados, como si nadie los hubiera pintado desde la Gran Guerra. Luego de tantas paredes en un deprimente color amarillo, más digno de un hospital psiquiátrico que de la Ciudad Luz, surgió el bosque con la intensidad de una explosión verde. A partir de allí, el paisaje voló a toda velocidad en dirección de mis ojos, y los postes, los árboles e incluso las casas parecían despegarse del suelo por un instante y flotar, adquirir una vida aérea, hasta que de un salto se lanzaban hacia el pasado. Era el primer tren que tomaba.

Me temblaban las manos: había dormido poco y muy mal esos días. Buscando a Mariska, prácticamente no había pegado el ojo en una semana. Y a pesar de que entrevisté a cuanta maga o ilusionista pude localizar, y, por supuesto, a todos los vecinos de su edificio y su barrio, nadie parecía estar al tanto de ella, lo cual hablaba muy bien de las habilidades de mi amiga para moverse sin llamar la atención, pero me dejaba a mí en la incertidumbre más grande, incapaz de determinar si Los Jabalíes le habían hecho daño o si alguien más la había secuestrado. Fue imposible localizar a su amigo, Horacio Walpole, de extrañas costumbres nocturnas, y, dado que Mariska se disfrazaba tan bien, su casera, por ejemplo, estaba convencida de que en su departamento no vivía ella, sino un hombre de edad avanzada que dejaba París por largas temporadas; los tenderos de su calle no la recordaban y ni siquiera los meseros nocturnos lograron decirme algo sustancial: si uno de Los Jabalíes se la llevó o si Mariska logró esconderse, borró bien sus huellas.

Mientras pensaba en los sospechosos que iba a enfrentar vi desfilar campos de trigo divididos por altas hileras de pinos; un amplio terreno muy verde y moteado de azul por un plantío de lavanda, pueblos breves como un parpadeo, iglesias en ruinas, un granero del cual emergía una espesa nube de urracas que giraba en extrañas espirales; las cúpulas inclinadas de una iglesia sombría; un puente de madera en el cual se besaba una pareja; un lago artificial donde una docena de patos seguía a su líder; un vasto terreno, ocupado por media docena de borregos, gordos como nubes terrestres, y, vigilándolos desde una colina próxima, el perro negro más grande que había visto en mi vida, casi tan enorme como aquellos que acompañaban a la banda de Los Jabalíes: un perro titánico, que observaba a los borregos como un rey a su corte. Y junto a las vías del tren, el desastre: a ocho años de que terminara la Gran Guerra aún podían verse hondonadas profundas a ambos costados, producto de los obuses y las bombas alemanas.

A medida que se orientaba hacia el norte, el ferrocarril atravesó tierras más oscuras y bosques más densos, que sólo excepcionalmente se abrían y mostraban siniestras imágenes: una mansión bajo un tupido bosque de abetos, tan oscura que pasaba casi inadvertida, a pesar de que arriba teníamos un cielo azul rutilante; un granero rojo y, frente a él, un grupo de niños que agitaban los brazos sobre sus cabezas, como si trataran de ahuyentar una nube de abejas o un ave pequeña que los estuviera acosando; un par de esculturas gigantes, ambas con cuernos, mitad demonio, mitad toro, mirando en dirección de los rieles; la plaza principal de un pueblo desierto, en la cual alguien le había colocado lentes oscuros a una estatua de mármol; una casita muy linda, decorada con esmero, frente a la cual una joven se concentraba en recortar la piel de un mamífero, hirsuta y marrón, para colocarla sobre diversas tazas de cerámica; una cabra con patas tan flacas y alargadas que parecían de mosquito; el cuerpo de una persona vestida de negro y recostada en el centro de un trigal, imposible discernir si era una mujer viva o un hombre muerto; y una delicada niña a la sombra de un árbol, la cual inclinaba el rostro una y otra vez sobre un alimento que parecía delicioso: cuando el tren se acercó lo suficiente me pareció que el manjar sobre el cual se inclinaba era un ave negra, con todo y plumas aún.

Cabeceé un poco cuando el tren giró a la derecha y por un instante juré que un hombre se había asomado a mi gabinete, pero cuando salí a echar un vistazo no había nadie en el pasillo. Llámenme crédulo, pero en ocasiones como esa me parece que el talismán busca llamar mi atención: hace unos días, cuando iba a atacarme la banda de Los Jabalíes, sentí que el talismán aumentaba de temperatura, como si lo hubieran puesto en el fuego: tal advertencia salvó mi vida. Esa mañana en el tren lo palpé con curiosidad, pero estaba tan tibio como mi propia piel y aún manchado por el aceite blanco que le puso el comisario. Por más que la froté con un pañuelo, la mancha no se quitó. Los seguidores de Paulo de Tarso sabían lo que hacían.

Si había fantasmas o seres de ultratumba en los vagones, sabían esconderse muy bien. Y por más que lo pensé, nunca había escuchado que los fantasmas fueran capaces de aparecerse en tren alguno. Relatos de espíritus que se aparecen en plácidos buques a mitad del océano o en coches dulcemente arrastrados por caballos apacibles, había escuchado decenas. En *Drácula*, una novela muy interesante que había leído hacía tiempo, el fantasma, o la aparición, por llamarla de algún modo, viajaba de Europa a Inglaterra en un buque comercial y su presencia sorprendía de tanto en tanto a los marineros. En uno de los cuentos más impresionantes que leí de niño, creo que de Nerval, un hombre enamorado viaja en una apacible carroza y ahí mismo lo alcanza su amada muerta, a fin de arrancarle la vida luego de desangrarlo y beber cada gota. También *La leyenda de Sleepy Hollow*, de Washington Irving, cuenta cómo el espectro del Jinete Sin Cabeza perseguía al infortunado Ichabod Crane a caballo hasta el puente en que se decidió su destino. Y en la oficina, poco antes de morir, mi amigo, el agente Le Rouge, contaba a carcajadas que según ciertos reportes un fantasma se aparecía en los anticuados taxis parisinos, se hacía llevar al otro extremo de la ciudad y se bajaba sin pagar. Pero nada de apariciones del más allá en trenes o avionetas, ya no se diga en un zepelín, como si Ultratumba estuviera reñida con la velocidad.

La luz que inundó mi gabinete cuando atravesamos el siguiente bosque cambió por completo mi percepción del vagón. Varias veces creí que había una mujer sentada en el asiento de enfrente, y que su vestido blanco se hacía visible cuando las gruesas copas de los árboles bloqueaban los rayos del sol. Pero en cuanto salimos del bosque, la joven no volvió a aparecer. Por curiosidad me incliné sobre su asiento y lo estudié con interés: se diría que el respaldo estaba ligeramente hundido, como si alguien ocupara el lugar. Extendí la mano, muy extrañado, y cuando iba a tocar el cojín un vendedor llamó a mi puerta:

—¿Café para el señor? ¿Pan, jugo de naranja? ¿Un trago fuerte?

Compré un croissant y un gran café con leche, como los que le gustan a Horacio Walpole. Tan pronto confirmé que no había miradas indiscretas desplegué la mesa portátil disimulada en la pared. Me dije: bueno, vamos a ver quiénes son estos angelitos, pero al sacar el inmenso paquete que me había entregado Fleur, el sobre externo se rompió. Un alud de carpetas cubrió la mesa y el suelo con los expedientes de los sospechosos.

Mientras los ordenaba pude comprobar que todos los miembros del grupo fueron calificados como violentos y sediciosos, y que la mayoría tenía al menos un arresto por vandalismo. Que se les había visto con grupos anarquistas y comunistas; que en sus francachelas lo mismo se reunían con pintores exiliados de Rusia o venidos de España o México que con mendigos y prostitutas, rusos blancos, carteristas o delincuentes franceses plenamente identificados. Y no había manera de aburrirse con esas historias. Según indicaban decenas de informes policiales, copiados de diversas comisarías, no había surrealista tranquilo.

Al que tenía la apariencia más apacible y sosegada de todos ellos, el poeta Robert Desnos, que en la foto aparecía recostado sobre un diván, los ojos entrecerrados sobre unas ojeras muy negras, el informe lo calificaba de "extremadamente violento", dado que en una de las reuniones recientes del grupo enloqueció y atacó con un cuchillo a uno de sus amigos, el pintor Max Ernst, aunque por fortuna no logró lastimarlo… La policía se presentó en el lugar por una denuncia de los vecinos, escandalizados por los gritos, pero Ernst no levantó cargos, dado que en el momento de la agresión, Desnos ¡se hallaba hipnotizado por el mismo Breton!

Otro expediente establecía que al calvito del grupo, el poeta Benjamin Péret, el informe lo calificaba de "intransigente", "incendiario" y "rabiosamente anticlerical" por su afición a insultar a sacerdotes y militares y a hacerse de golpes con ellos, al igual que el líder del grupo. Una foto suya, publicada en un pasquín distribuido por estos agitadores, la revista *Littérature,* lo mostraba con el torso desnudo y las manos alzadas como un pugilista, el cráneo coronado por un sombrero de hongo y, en la diestra, un grueso bastón, que empuñaba como si fuera a atacar a alguien.

Por su parte, a Yves Tanguy, Jacques Prévert y Marcel Duhamel, que compartían un departamento en la calle del Castillo, los vecinos los habían denunciado varias veces a causa de sus fiestas constantes, todas escandalosas y con la presencia de numerosas bailarinas de los cabarets más cercanos, ninguna de las cuales cesaba antes del amanecer. Algunos de los habitantes de ese departamento, como Jacques Prévert, eran bien conocidos en la comisaría de Saint-Sulpice, donde habían pasado más de una noche arrestados por ebriedad y escándalo público. El gerente del Cine Ópera en más de una ocasión se quejó de que estos sujetos llegaban acompañados por señoritas dispuestas a cometer todo tipo de atentados contra la decencia en cuanto se apagaban las luces, y que más de una vez alguien abandonó la sala, escandalizado de que en uno de los balcones los supuestos cinéfilos preparasen ruidosos cocteles al estilo americano, los cuales circulaban con generosidad entre ellos y sus alegres invitadas.

Pero el resto del grupo no se quedaba atrás, pues había provocado riñas y escándalos en numerosos bares y restaurantes, como *Le Pére Tranquille*, donde pelearon con un proxeneta y sus guardaespaldas, que al ser insultados intentaron golpearlos con cachiporras, o en *La Closerie des Lilas*, donde sabotearon la conferencia de una escritora muy respetable y correcta, la cual promovía el odio racial contra los alemanes. Un miembro del grupo surrealista, el pintor Max Ernst, de origen alemán pero radicado en París desde hace años, al oír a dicha escritora se sentó frente a ella y sus acompañantes y, luego de decirles que la guerra ya había terminado y que eran unos imbéciles por culpar a todos los alemanes sin distinción por los excesos de los altos mandos, los retó a presentar un argumento intelectualmente válido; en vista de que los asistentes al evento no se retractaban de sus comentarios, los retó a salir a la calle para dirimir a golpes sus diferencias de opinión. No tuvieron tanto tiempo: la refriega se armó allí mismo, para horror del gerente y los comensales; las sillas volaron y, en el punto más alto del conflicto, otro miembro del grupo, un tal Louis Aragon, se asomó por la ventana del café y, a fin de apoyar a Ernst, gritó vivas a Alemania, con lo cual de inmediato provocó un malentendido que atrajo a una multitud de franceses airados al interior del café, los cuales destrozaron buena parte del local.

¿A quién se le ocurría vitorear a Alemania en este país, que aún se recupera de las heridas de la Gran Guerra? Revisé el expediente del tal Aragon y lo primero que vi fue una foto que al parecer fue tomada en secreto en una librería, donde un jovencito rubio, al que apenas le crecía un irrisorio mostacho, examinaba las últimas novedades literarias. Al calce decía: *Louis Aragon, detectado en la librería de Adrienne Monnier en 1921.* Me dije que el tal Louis no podía ser tan salvaje, pero ya me enteraría de los pasos en los que andaba el angelito. Entre otras cosas, en marzo de 1921, él y Breton convocaron a una especie de espectáculo público, en el cual fingieron juzgar en ausencia al muy respetable escritor Maurice Barrès, verdadera gloria nacional, por haber incitado a los jóvenes a participar en la Gran Guerra a través de sus libros y sus declaraciones públicas. Al final del espectáculo, Aragon fue el primero en pedir que le cortaran la cabeza al acusado, ¡a pesar de que él mismo era su defensor de oficio! Y según el agente que redactó el informe, Aragon y sus amigos hablaban en serio. Esa tarde criticaron tan intensamente y con tanta saña a Barrès, y contaron con tantos detalles cómo pensaban abofetearlo y mancharlo de excrementos, que el procurador ordenó que dos miembros de la policía secreta cuidaran al novelista durante los siguientes meses: vaya que el Estado francés se preocupa por la integridad de sus glorias nacionales cuando estas defienden la imagen oficial de la patria.

Por supuesto, el expediente más abultado era el del mismo Breton, el líder del movimiento, o "el papa del surrealismo", como lo llamaban ahí mismo sus detractores. Según el análisis del experto en frenología de la policía parisina, Breton era el más explosivo del grupo: de acuerdo a los parámetros de Berthillon, esa frente alta y esos labios firmemente apretados eran indicios de un carácter violento y neurótico, habituado a estallar. Fue él quien incitó a sus colegas a muchos de los desmanes anteriores, y fue él quien se presentó a la representación del ballet *Mercurio*, en compañía de Louis Aragon y los compositores Auric y Poulenc, a fin de abuchear a Satie, que había compuesto la música, para luego gritar vivas al pintor Picasso, autor de los decorados, pues según Breton la deficiente puesta en escena le restaba méritos al trabajo del pintor español. La policía tuvo que sacarlos a empujones. También fue Breton quien, en compañía de Éluard y Péret, provocó la sonada pelea, tan comentada en los diarios, entre actores y el público en general, durante la representación de la fallida obra de teatro de Tristan Tzara, *Coeur à gaz*, en 1923. Yo recordaba haber leído esa nota: al saber que Tzara traicionaba sus principios dadaístas y se atrevía a ofrecer una obra dramática con propósitos comerciales, Breton y sus compinches se presentaron en el teatro y arrojaron todo tipo de verduras a los actores, hasta que estos replicaron y se lanzaron sobre ellos. Vaya fichita que era Breton.

Entre otros actos de vandalismo, también lo llevaron a la comisaría con tres o cuatro de sus amigos por agredir a un crítico a que esperaba delante de ellos en la fila del cine. El error del pobre hombre consistió en burlarse de Breton mientras ensalzaba a Charles Chaplin. Breton le arrebató la sombrilla y la rompió contra el piso; al crítico no le gustó nada el detalle, se agarraron a golpes bajo las marquesinas y ahuyentaron a la clientela. La policía llegó de inmediato y arrastró a los rijosos a la comisaría más cercana, donde tuvieron que soltar a Breton, gracias a que uno de los poetas que lo acompañaban, aprovechando un descuido, se hizo un profundo tajo en el rostro y alegó que había sido el crítico quien lo hirió. Como el joven sangraba en abundancia y el tajo era profundo, los agentes de guardia creyeron que los ofendidos habían sido Breton y su tropa, y los dejaron ir. "Imagine usted lo que puede esperarse de estos fanáticos si son capaces de mutilarse con tal de salvar a su líder", terminaba el reporte de nuestro informante secreto.

Vándalos, golpeadores, revolucionarios, anarquistas, dinamiteros, hipnotistas, exmilitares que no han depuesto las armas: ¿en qué me metí?

Concentrado en estudiar el material, no capté que el tren perdía cada vez más velocidad hasta que se detuvo por completo. Vi a la multitud descender a toda prisa y, porque era mi primer viaje, tardé en comprender que no se trataba de Dieppe, sino de Rouen. Entonces recordé que debía cambiar de locomotora. No tuve tiempo de ponerme la gabardina, así que la eché en la maleta, sobre los expedientes, cerré ambos broches y bajé de un salto al andén. Quedaban pocos viajeros y, como todos ellos, me acerqué al casillero de información. Allí un anciano repetía las mismas indicaciones, al tiempo que señalaba a distintos puntos de la estación:

—Le Havre, andén uno; Lille y Dunkerque, en el tres; Gante, en el cinco; Bruselas, en el siete; Dieppe, por el nueve. Y va otra vez: Le Havre, en el andén uno…

Porque había perdido mucho tiempo, tuve que correr hasta el final de un largo pasillo, confirmar cuál de los dos aparatos estacionados era el mío, y salté a bordo cuando iban a cerrar. Otra vez fui el último en subir; por fortuna, el segundo tren constaba de menos vagones, así que encontré mi asiento casi de inmediato. El aparato era mucho más viejo: una alfombra de terciopelo rojo cubría los vagones de primera y las rebuscadas lámparas doradas con adornos en forma de planta sin duda fueron diseñadas en la *belle époque*, en la juventud de mi abuela. No tardé en comprobar que jamás alcanzaríamos la velocidad del primer vehículo, y que el tren traqueteaba por el esfuerzo al tomar las pendientes. Casi sonreí al advertir que Fleur me había reservado de nuevo otro gabinete maldito con el número trece y me instalé a mis anchas, seguro de que nadie más iba a ocuparlo: subí las piernas en el asiento de enfrente y coloqué la maleta en la elegante mesita central.

Por poco salto del asiento cuando Jules abrió la puerta y el Ladrillo se sentó junto a mí:

—¡Mira nada más!

Antes de que pudiera detenerlo, el colega metió una de sus zarpas en mi maleta, sacó mi pistola y se la lanzó a Jules. Este la atrapó al vuelo, olió la punta y la colocó en el asiento junto a sí.

—¡Ey! Devuélveme eso.

—En un momento, en un momento.

Traté de moverme, pero el gorila apoyó una de sus pezuñas contra mí. Sin que yo pudiera impedirlo, palpó los bolsillos superiores de mi saco y extrajo mi identificación como policía. Luego de revisarla, se la mostró a Jules:

—Brigada Nocturna. La de los raros. La tinta está tan fresca que mancha los dedos. No tienes mucha experiencia, ¿verdad? Tres meses de antigüedad.

Jules la miró desde lejos y asintió. El Ladrillo me la devolvió con tanta fuerza que casi me rompe una costilla.

—Y ahora, amiguito, vamos a comprobar qué haces aquí…

Antes de que yo pudiera oponerme, vació mi maleta sobre la mesita central. Mis camisas y el resto de la ropa cayeron ahí. El Ladrillo palpó y revisó todo, incluso la gabardina, pero no había ni rastro de los expedientes. Luego de comprobar que no quedaba nada más en la maleta, lanzó una mirada a su colega.

—Es todo, Jules.

Este se talló los ojos y se inclinó hacia mí:

—Bueno, Pierre: ¿vas a hablar? Dinos cuál es tu misión. ¿Te quedas callado? De acuerdo…

Me agaché cuando calculé que el Ladrillo iba a empujarme y su mano golpeó el respaldo de mi asiento. Salté sobre la mesa y tomé a Jules por la corbata. Cuando este alzaba la 38 contra mí le pegué y el arma cayó bajo los asientos. Pero cuando iba a golpearlo con la derecha, el Ladrillo me tomó por el cuello y me estrelló contra el muro. En ese instante alguien que pasaba por el pasillo tuvo a bien asomarse:

—¿Qué pasa aquí? ¡Sus boletos, señores!

La llegada del revisor fue providencial.

—Los caballeros reñían conmigo por este lugar.

El revisor tomó mi boleto, lo perforó y pidió los papeles a mis compañeros. No le gustó lo que vio. Examinó con el cejo fruncido los dos billetes que le extendió Jules y se los devolvió:

—En efecto, señores, ustedes viajan en el tercer vagón de segunda. Les ruego que dejen al caballero tranquilo o tendremos que bajarlos en despoblado.

Y como quien no quiere la cosa, sacó una cachiporra de su chaleco y la blandió frente a mis colegas. ¡Mis respetos para los vigilantes de los trenes!

Los agentes se pusieron de pie. Muy secreta debía ser su misión, pues no se identificaron como oficiales. Jules lucía muy molesto, pero el Ladrillo no tenía pelos en la lengua. Al salir me pegó con los nudillos en un hombro:

—No te has escapado, haragán.

Tenía la mano pesada. El vigilante asomó al pasillo y no les quitó la vista de encima hasta que se oyó cómo abrían la puerta que comunicaba con el siguiente vagón.

—No te preocupes por ellos, muchacho: vi peores tipos en la guerra. Estos solo son canallas… Estaré al pendiente.

Cuando el revisor se fue me agaché bajo el asiento y recuperé la pistola. Comprobé que mi arma conservaba el cargador íntegro y abrí la maleta: los expedientes se hallaban arropados por la gabardina, tal como yo mismo los había puesto al bajar del otro vagón. Me recargué en el asiento: si los expedientes estuvieron ahí todo el tiempo, ¿por qué no pudieron verlos mis colegas? ¿Por qué no pude verlos yo mismo cuando revisaban mis cosas? Mi inquietud creció y creció hasta que el amuleto de mi abuela se deslizó del interior de la gabardina y cayó sobre los documentos. Estaba más caliente que antes. No recordaba haberlo puesto ahí, así que lo tomé y me lo colgué del cuello con su propia cadena.

No me gustaba nada coincidir con Jules y el Ladrillo. Me puse de tan mal humor que me resultó imposible leer los informes.

El resto del camino apenas pude concentrarme y poco a poco el movimiento del tren me arrulló. No debo dormir, me decía, debo estudiar sus perfiles, y tomaba el primer expediente a mano. Pero el sueño es más rápido que un tren, y la tercera vez que releí el mismo párrafo arrojé el documento y las fotos a mi maletín y me apoyé contra el sillón. La visión de los bosques de pino que pasaban a gran velocidad, uno tras otro, provocó un efecto hipnótico en mi cerebro: vi a Mariska correr en un bosque, me vi a mí mismo tras ella, y en el momento en que mi amiga se perdía tras los árboles, una piara interminable de jabalíes nos separaba.

6

Los secretos del Manoir

Más que despertarme, el enfrenón del tren prácticamente me tumbó del asiento. O ese maquinista andaba distraído o un suicida se había lanzado a las vías.

Cuando logré recordar quién era yo y qué hacía ahí, me asomé por la ventanilla y vi el letrero que anunciaba la estación de Dieppe. Alguien gritaba a lo lejos:

—*Terminus, terminus!* ¡Bajen del vagón!

Luego de comprobar que el talismán colgaba aún de mi cuello, saqué el mapa de la zona que me había dado Fleur; recogí mi gabardina y mi maleta, y salté a la estación. Si hubo otros viajeros en el tren, se tomaron la libertad de desaparecer mientras yo recuperaba la conciencia. Exceptuando al maquinista, que se hallaba al final del pasillo y orinaba sobre las vías, no había otra alma a la vista.

Contra lo que yo esperaba, la estación de Dieppe no era la minúscula y grisácea parada de un pueblo sin importancia. La elegancia del edificio de la taquilla, sus faroles y sus toldos hacían suponer que fue construida a solicitud de alguno de los terratenientes que poseían un castillo por la zona, y que visitaban con frecuencia esos bosques densos, oscuros, poblados por abundantes animales de caza. Incluso el piso era de un mármol exquisito.

Cuando ponía un pie fuera de la estación el Ladrillo me tomó por un brazo:

—Si me topo contigo, estarás en problemas.

Y me dio una palmada en la espalda que en realidad era un empujón. Jules me miraba desde el otro lado de la calle, de pie frente a las oficinas de la policía local: un espacio muy pequeño, más digno de una crepería que de una comisaría. El revisor del tren estaba con él y, por lo visto, se quejaba del comportamiento de mis colegas con un policía gordísimo que usaba patillas de leñador: sin duda el comisario local. No tenía la menor intención de perder el tiempo, así que volví sobre mis pasos.

Vi un taxi estacionado frente a la estación, pero no había nadie dentro ni en las cercanías, así que, luego de peinar el panorama, me dirigí a un barecito de aspecto simpático que se encontraba a pocos pasos de allí. Como el sol me pegaba de frente y el letrero exterior casi se había borrado del todo, descifré su nombre cuando estaba a punto de entrar: *La Carnicería*.

Un hombre que lucía muy molesto secaba un par de inmensas copas redondas del otro lado de la barra. A sus espaldas, por una puerta entreabierta, percibí a una mujer madura y regordeta, que picaba zanahorias con dificultad. En vista de que no había nadie más, supuse que el taxista debía ser el caballero que estaba dormido sobre una pequeña mesa rectangular. Una copa con restos de coñac se encontraba a su alcance.

Me acerqué al cantinero y señalé al parroquiano dormido:

—No será el taxista, ¿verdad?

Se encogió de hombros:

—Llegó aquí desde anoche y no ha dejado de beber. Ahuyentó a algunos de mis clientes y desde entonces se ha dedicado a dormir y a roncar. —Y agregó, con cierto fastidio—: ¿Qué imagen vamos a dar a los turistas?

—¿Es el único taxi en el pueblo?

—¡Cuando se halla despierto, sí!

—¿Es muy complicado llegar desde aquí hasta Varengeville-sur-Mer?

—Nada de eso: tome esta calle y siga de frente hasta que se caiga en el mar.

—Y, en términos prácticos, ¿qué tan lejos...?

—A hora y media a pie o quince minutos en coche.

Me acerqué al hombre dormido y jalé la silla más próxima, pero este ni siquiera se inmutó. Bueno, me dije, no sé qué tal conduzca este sujeto cerca de los acantilados, pero no tengo otra opción, así que lo agité hasta que dejó de roncar y tosió un par de veces. El sujeto se estiró con la misma lentitud que hubiera mostrado un oso inmenso al final del invierno. Solo entonces se talló los ojos, frunció el ceño y me clavó la vista mientras trataba de averiguar con la mirada quién era yo y por qué despertaba a un taxista indefenso, que se había estacionado en lo más profundo del alcohol y del sueño. Llevaba una boina vasca y un par de bigotes largos y despeinados, como los de una foca. Al ver mi maleta pareció despertar:

—¿Servicio de taxi?

—Siempre y cuando pueda conducir.

—¡Va a Varengeville! —gritó el cantinero.

El borracho volteó a verlo:

—¿Cuánto te debo, Jean?

—¡Dos botellas!

—Te pago al volver. Venga, caballero, vamos de inmediato. Espero que no le importe que nuestras tarifas hayan aumentado…

El pobre debía estar sufriendo, porque se tambaleaba al caminar.

—Oiga, ¿no prefiere tomar un café antes?

—Por supuesto que no: me quita el sueño. Vámonos, no hay tiempo que perder.

Se puso de pie e insistió en cargar mi maleta. La cocinera no pudo ocultar su satisfacción al ver que el hombre con bigotes de morsa se abotonaba el saco y por fin se retiraba.

Caminamos bajo el sol de la mañana hasta llegar a su auto.

—A Varengeville, ¿eh? ¿Exactamente a dónde? ¿Al cementerio marino?

—Al Manoir d'Ango, por favor. ¿Sabe cómo llegar?

—¡Por favor! —resopló—. Podría conducir con los ojos cerrados.

—¿Y podrá llegar en esas condiciones? —El taxista no conseguía caminar en línea recta.

—Es la única manera de orientarse en este laberinto —Sonrió.

No tuve que indicarle que saliera de Dieppe en dirección de Pourville ni que tomara el camino a Varengeville, tal como sugería el mapa. El auto no tardó en rebasar las últimas casas construidas de la ciudad y se lanzó por un sendero hacia el este, entre dos bosques de pinos y abetos gigantescos.

Con un malestar evidente, producto de los excesos de la noche anterior, me explicó que por fin estaban reconstruyendo el Manoir:

—¡Ha estado en ruinas desde que yo era niño! ¡Era un montón de cascajo, pero ya se notan los avances!

Más que un castillo, me explicó, pues la gente llama castillo a cualquier cosa si está hecha de roca y tiene una torre, el Manoir era una mansión enorme, motivo de orgullo local.

—La mandó construir un empresario muy rico en el siglo XVI: Jean Ango, que fue gobernador de Dieppe. Mandó traer obreros italianos para que hicieran lo mismo que hacían en Milán o en Turín… por eso, cuando alguien sabe de arquitectura y ve el palomar, se pregunta: ¿qué hace esta cúpula bizantina en medio del bosque?, como me preguntó un profesor de la Sorbonne, que estuvo aquí hace tiempo. Ahora tiene nuevos propietarios, muy ricos. Ellos contrataron al gerente y a los albañiles… Los albañiles renunciaron todos hace tres semanas. Decían que una noche… en fin, ya sabe cómo son los albañiles…

—¿Qué decían?

Pero el taxista buscaba cambiar de conversación descaradamente:

—¡Mire, mire! ¡Ya se están dando las alcachofas!

—Francamente, no me interesan las alcachofas. ¿Qué pasó en el Manoir? ¿Por qué renunciaron los albañiles?

—Las alcachofas de por aquí son las mejores de Francia. Las alcachofas, el camembert y el licor de manzana. ¡No se vaya a ir sin probarlos!

Iba a replicar, pero cuando tomamos la primera curva, un escalofrío me recorrió la base de la nuca. Lo único que se veía más adelante era un restaurante: *El Bar de los Ciervos.*

—¿Qué es ese lugar?

—Ah... —El chofer se relajó visiblemente—. No lo recomiendo mucho... Cada cierto tiempo por un motivo u otro, siempre ocurre un crimen en él, un crimen sangriento... Yo no lo visitaría si fuera usted, que parece un joven tranquilo... ¿Viene de vacaciones?

—Soy reportero. Voy a entrevistar a un poeta que se hospeda en el Manoir.

—¿En el Manoir d'Ango?

—Así es.

—No he visto a un solo poeta. En cambio, borrachos sí. Han llegado muchos estas semanas.

—¿Ah sí?

—Muchos, para esta ciudad. Hace ocho días llegó un grupo *e-nor-me*. Tuve que dar tres vueltas de la estación al Manoir para llevarlos a todos. Estuvieron aquí dos noches y se caían de ebrios al volver. ¿Se está poniendo de moda el Manoir d'Ango entre los parisinos?

—No lo sé, yo soy de Bélgica. Oiga, tenga cuidado con el camino, casi se sale de la carretera.

Me estudió por el retrovisor:

—¿De qué parte de Bélgica es?

—De Bruselas. ¡Ojo con aquel árbol!

Pero no parecía convencido:

—Ajá. ¿De qué periódico?

—*La Libertad*.

Meneó la cabeza:

—A la estación llegan todos los periódicos belgas y de ese jamás oí hablar. ¿No será usted policía o detective?

—Claro que no.

—Lo pregunto con todo respeto. Ya sabe cómo nos describen a los normandos: sangre vikinga, cuerpo francés. Lo primero que dice un niño a su madre, cuando le da el biberón, es ¿estás segura de que está limpio esto, madre? Desde chicos nos enseñan a ser desconfiados, somos la frontera hacia el exterior. Usted disculpará, señor detective... o policía... o reportero...

Aunque tardé en advertirlo porque se encontraba tras una fila de árboles gigantescos, cuando llevábamos unos veinte minutos de camino se hizo visible el Manoir con sus dos torres. No soy una persona sensible a la arquitectura, pero el lugar me dejó boquiabierto. Lo menos que puedo decir es que se trataba de una mole majestuosa. Más que hallarse rodeada por un bosque de hayas monumentales, y de otras tantas secuoyas inclinadas hacia la construcción, se diría que era visitado y admirado por las plantas.

—Impresionante, ¿verdad? —El taxista me miró por el retrovisor—: Este lugar es fantástico. El único inconveniente son las apariciones.

—¿A qué se refiere?

—No hay tiempo para contarle. Si baja al pueblo por la tarde, búsqueme en el bar de la estación.

—No, no, aguarde: ¿a qué se refiere? —Esta vez yo no estaba dispuesto a cambiar de tema.

Al ver que no me bajaba del auto, suspiró:

—¿Me promete no decirle nada a la gente del hotel?

—Cuente conmigo.

—Será por lo antiguo del lugar... un edificio del siglo XVI, que ha visto tantas batallas... y crímenes... Aunque está reconstruido y las habitaciones son estupendas, nadie quiere dormir en el ala este. Según muchos, los italianos que construyeron el Manoir trajeron aquí una cosa terrible, que habitaba en el castillo de Malaspina.

—¿A quién?

—¡A una mujer fantasma, caray!

El chofer se volvió hacia mí:

—Cuando yo era niño, se derrumbó un muro en el ala este del edificio. Mis amigos y yo nos metimos a explorar. Lo primero que vimos fue un gran salón, adornado con armas... Parece que se hacían grandes fiestas allí. Dos veces entramos: la primera apenas pasamos del hueco, porque nos asustó una piara de jabalíes; la segunda avanzamos hasta la primera puerta cerrada con llave. Jugamos ahí, en la sala, entre las telarañas, hasta que escuchamos una respiración. Uno de nosotros jura que vio pasar a una mujer muy molesta. Nos pusimos en círculo, temblando, y guardamos silencio absoluto. Entonces la oímos respirar cerca de nosotros: ¡a la mujer fantasma! ¡No dejamos de correr hasta llegar a Dieppe! Por eso, señor policía, o detective, o reportero, aunque ofrecieran pagarme cien mil francos, yo no volvería a entrar a esa sala otra vez. Y con su permiso, señor, tengo que irme. Hasta aquí puedo entrar con el coche.

En efecto, la calzada de grava estaba bloqueada por una reja de madera, tan baja que cualquiera podría saltarla y entrar sin dificultad. Antes de que pudiera advertirlo, el conductor sacó mi maleta de la cajuela y la puso sobre el sendero.

—Recuerde: no vaya al ala este del castillo. Y no piense en cosas extrañas: ya sabe que uno las atrae cuando las invoca...

Trepó al auto y asomó antes de arrancar:

—¡Suerte con los fantasmas!

Si supiera, a qué me dedico, pensé.

7

El Perro Negro de Brocelandia

Avancé sobre el sendero empedrado, salpicado de hierba, y llegué ante un arco de diez metros de alto. El edificio era sencillo e imponente a la vez, como un rey que no necesita portar ropajes vistosos para demostrar su importancia. Cuando llegaba a la entrada principal vi que el centro de la construcción albergaba un magnífico jardín rectangular y, justo en medio de él, una bellísima torre, coronada por un techo en forma de cono: el famoso y gigantesco palomar. Cuando yo pasaba delante, un centenar de aves asustadas emprendió el vuelo. Por lo visto, las únicas habitantes de la torre no solían recibir muchas visitas. A juzgar por un andamio ubicado en el ala este del edificio, los nuevos propietarios creían que el lugar tendría el suficiente magnetismo para funcionar como un negocio rentable y luchaban por remodelarlo. Entretanto, me dije, era el escondite ideal para sospechosos y fugitivos de la ley.

Un hombre con camisa de vestir, corbata y chaleco, pero con las mangas enrolladas, salió a encararme:

—¿Lo puedo ayudar en algo?

—Quisiera una habitación por dos noches.

—¿De verdad? —El hombre no podía creer lo que ocurría—. Claro, veamos... pase por aquí... Usted disculpará, pero no esperábamos a nadie hasta mañana... —Se apresuró a desenrollarse las mangas.

Entramos por la puerta principal, que desembocaba en la sala de la recepción. Además de una ostentosa armadura medieval y unos cuantos tapices con los previsibles unicornios, habían instalado allí un pequeño mostrador muy moderno y un teléfono negro. Tras él había dos puertas abiertas: la primera llevaba a las habitaciones de la planta baja; la otra te lanzaba al segundo piso, por una escalera de piedra ascendente. Por lo visto, cuando yo llegué, el gerente intentaba arreglar un aparato de radio, el cual se hallaba desarmado en el suelo, sobre unos periódicos atrasados, que abordaban la expulsión de León Trotsky del Partido Comunista.

—Bienvenido al Manoir d'Ango...

El gerente se apresuró a ponerse un saco y se instaló detrás del mostrador. El ruido de las palomas que volvían a la torre, denso y constante como el de un río cercano, nos llegó desde el exterior.

—Disculpe usted: aquí siempre hay mucho trabajo y pocos ayudantes. ¿Viene por placer o trabajo, señor...?

—Le Noir. Vengo a ver a uno de sus huéspedes. Al señor Breton.

Hasta ahí llegó su amabilidad. Si le hubiera dicho que había estado en prisión o que pensaba incendiar el castillo, me habría tratado mejor.

—¿También es artista?

—No, soy reportero, vine a escribir un artículo sobre el poeta... —Le extendí mi identificación falsa, pero esto no logró tranquilizarlo.

—Pierre Le Noir...

Por segunda vez en el día sentí la desconfianza normanda ante los extranjeros. Se tomó su tiempo en comparar mi rostro con la fotografía de mi pasaporte falso.

—¿No le molesta que me quede con su pasaporte mientras se hospeda aquí? Es costumbre del hotel.

—De ninguna manera.

Aunque la idea no me gustaba demasiado, me encogí de hombros y él guardó el documento en una pequeña caja fuerte.

—Bueno, veamos —dibujó un mapa del hotel—: dado que no hay mucho movimiento estos días, por el precio de una habitación sencilla puedo darle una suite en la planta alta, con vista hacia el mar, en el ala este del edificio... —Me mostró un croquis del hotel y comprobé que la habitación quedaba justo en la zona que, según el taxista, estaba ocupada por los fantasmas.

—¿No está derruida esa sección? Acabo de llegar y vista desde fuera...

—No, no, ¡qué va! El interior está remodelado; las habitaciones son una maravilla, y hay una chimenea al centro del pasillo. Por no mencionar el paisaje...

—La verdad es que preferiría una habitación del lado del bosque. ¿No tiene nada de este lado?

—Casi toda el ala oeste está reservada, pero déjeme ver... Sí, tiene suerte; hay una habitación disponible. Con usted, mañana tendremos casa llena en el ala oeste del Manoir. ¡Suzanne! —Agitó con fuerza una campanilla—. Deme un minuto...

Se fue por el primer pasillo a su izquierda. Mientras regresaba, pude echar un vistazo a la decoración. Lo mejor, lo más exquisito de todo era la soberbia armadura medieval junto a la puerta, increíblemente bien conservada. El usuario, que en vida debió medir dos metros de alto, debió disfrutar ese tanque portátil, cubierto por cientos de piezas de metal plateado, integradas de modo que facilitaran el movimiento en combate: un gran trabajo de artesanía. El escudo colgaba en la espalda de la armadura y ambos brazos se hallaban extendidos frente a él, a fin de apoyarse en una larga espada de metal, rematada por la cabeza de una bestia oscura, con rasgos de depredador. Un letrero explicaba:

Armadura de Bertrand du Guesclin, el Perro Negro de Brocelandia, que desde los quince años venció en todos los torneos a los contrincantes más taimados, gracias a su agilidad y fuerza descomunal; un guerrero legendario por su fiereza y su temperamento implacable, nombrado teniente de Normandía, de Anjou y de Maine, y, más tarde, chambelán de Francia. Recuperó provincias enteras tomadas por el enemigo durante la guerra con los ingleses y sometió con facilidad un castillo tras otro a lo largo de su vida. Los normandos lamentamos su muerte injusta.

Bajo la ranura alargada a la altura de los ojos, el casco terminaba con un pico que apuntaba hacia delante y lo mismo serviría para respirar mejor que para herir a los contrincantes de un cabezazo. Pero habría que estar loco para acercarse a esa bestia de metal.

—¿Qué le parece el vigilante del castillo? Lo encontramos en un baúl, en el área en reconstrucción. Desde que lo pusimos ahí, hemos dormido mejor. Es el guardián de la entrada…

En eso la primera puerta se abrió y entró una rubia de sonrisa deslumbrante, vestida con el uniforme del Manoir.

—Ah, aquí estás... Suzanne, lleva al señor Le Noir a la habitación 27. Estará frente al señor Breton, al final del pasillo. Tome usted.

Me entregó la llave más hermosa que he visto en mi vida. Estaba hecha de un metal oscuro, que parecía esculpido a golpes de martillo; por arriba de los dientes el herrero había dispuesto lo que parecía la trompa de un dragón, con ojos demoniacos y una sonrisa cargada de maldad; el punto de apoyo reproducía el cuerpo de un saurio que se retorcía sobre sí mismo, surcado por escamas afiladas. Nunca había visto un objeto similar. Una llave que amenazaba con morder.

—Esto es una obra de arte.

—En efecto, ya no hacen llaves así. Bella, pero muy poco práctica por el tamaño: si piensa salir, déjela en recepción... bienvenido al Manoir.

—Por aquí, por favor —sonrió la joven.

Era más o menos de mi edad, muy delgada y de ojos tan claros que parecían transparentes. Tenía dedos de pianista. Aunque hizo el intento de cargar mi maleta, no se lo permití, así que sonrió y caminó delante de mí.

—¿Viene a conocer el rumbo?

—A trabajar. Un periódico me manda a hablar con el señor Breton.

—¿El poeta? ¿De verdad es un poeta importante?

—¡De los mejores de Francia!

La joven soltó una expresión de incredulidad y avanzó hasta el final del pasillo.

—Pues aquí se la pasa bebiendo. ¿Me permite su llave?

Mientras abría la puerta de mi habitación se inclinó un poco hacia mí y admiré los rasgos de su rostro alargado, su nariz recta y afilada, sus ojos en forma de almendra. Era inevitable mirarla sin pensar en las jóvenes que aparecían en los telares medievales de la entrada. Definitivamente, esa zona tenía algo especial: más tardaba uno en llegar que en toparse con personas que parecían salir de la Edad Media. Suzanne cruzó la habitación y abrió las cortinas. Entonces se detuvo en la entrada y me indicó que pasara.

Luego de caminar por los pasillos, la luz que llegó del interior me deslumbró tanto como la vastedad del espacio interior.

—Es bonita, ¿verdad? El arquitecto quería pintar las paredes, pero a los dueños les gustaba así, con la piedra original expuesta, tal como debió ser en esa época.

—Muy agradable… ¿Sabe si el señor Breton se encuentra aquí ahora? —Señalé la puerta al otro lado del pasillo.

—Dejó su llave hace rato. Le gusta caminar a estas horas; a veces baja por la carretera y va a comer fuera. Cuando vengo de la escuela lo he visto en un lugar que está por la carretera, tomando café.

—¿El Bar de los Ciervos? ¿El restaurante maldito?

—Veo que ya conoció al taxista. Es el único que cuenta esa historia por aquí.

—Bueno, es mi trabajo. Tengo que informarme de todo.

La camarera me examinó como una buena normanda:

—¿No es demasiado joven para ser reportero?

—¡Es mi primer empleo!

Y supongo que me creyó porque hasta cierto punto decía la verdad.

—¿El gerente se quedó con su pasaporte?

—Así es.

—No se moleste con él, se ha vuelto muy suspicaz. Han pasado cosas extrañas estas semanas.

—¿Como qué?

La rubia sonrió, se cubrió la boca y se retiró:

—He hablado demasiado. Que disfrute su estancia.

Cuando la puerta se cerró, saqué mi pistola y la escondí bajo el colchón. Luego colgué mi gabardina y me acosté en la cama. Aunque no quería reconocerlo, me ponía nervioso la idea de toparme frente a frente con Breton, sin ningún apoyo. Incluso la presencia de Karim, el más delgado y vulnerable de mis colegas, sería un alivio para mí, así que, por prudencia, revisé si había algo de interés aún en los expedientes.

Uno de ellos se titulaba: "Avistamientos recientes"; otro, "Mujeres ligadas a los surrealistas", y otro más, "Actividades subversivas de Breton". Empecé por ese, solo para descubrir que, al igual que Aragon y Éluard, el líder de los artistas era un estudiante de medicina cuando fue reclutado por el Ejército. En cuanto inició el conflicto bélico, le ordenaron ayudar a los cirujanos de diversos hospitales psiquiátricos, donde, a falta de suficientes medicinas, sus maestros le recomendaron que aprendiera hipnotismo a fin de atenuar el sufrimiento de cientos de soldados que regresaban malheridos o perturbados de las trincheras. Por lo visto, Breton aprendió esta novedosa técnica y la aplicó sobre los militares con un talento insuperable, ya que sus servicios fueron calificados de "sobresalientes" dondequiera que fue movilizado. Fue dado de baja en septiembre de 1919, cuando concluyó la guerra. "Desde entonces se ha dedicado a actividades subversivas", decía su reporte. Considerado un agitador al cual no había que perder de vista, se inició como militante del anarquismo en el grupo de un supuesto artista rumano, el ya mentado Tristan Tzara, que al parecer llegó a este país financiado por el pintor Francis Picabia, a fin de provocar la insurrección general. Breton se habría distanciado de Tzara y los dadaístas, desencantado del pobre alcance de sus acciones, y, buscando algo más radical, fundó el movimiento surrealista primero. Después se integró al Partido Comunista, en 1926, pero se retiró de este último "por discrepancias con los dirigentes y una decepción general respecto a las posibilidades reales de acción dentro del partido", según él, y "por ser incapaz de observar la menor disciplina", según la plana mayor del comunismo, que se dijo muy afrentada por la actitud de Breton. ¡El poeta era tan radical que los comunistas le parecían conservadores! Un recorte de periódico recogía una declaración suya que llamó la atención de la policía: "El acto surrealista más puro consiste en tomar un rifle y salir a la calle a disparar contra la gente al azar". ¡Vaya sujeto!

Busqué lo relacionado con los planes de poner dinamita a las estatuas, pero no encontré nada al respecto.

Cuando me disponía a cerrar ese sobre, encontré un texto escrito a mano y en tinta verde, titulado "Incidente nocturno", el cual, comprendí de inmediato, fue redactado por el informante secreto. El elusivo autor del documento contaba que, dos meses antes, Breton, Aragon, Péret y Masson insultaron a unos oficiales en un bar del Barrio Latino y se hicieron de golpes. "Quizás el comisario recuerde el caso, pues salió en *Le Soir...*". Al parecer los artistas se habían reunido para auxiliar a Breton, que había vivido una situación inusual esa noche y temblaba de miedo. El poeta habría visto un fantasma en el Pasaje de la Ópera; el fantasma se le habría lanzado encima, pero Breton consiguió refugiarse en el bar en que ocurriría más tarde el disturbio, y desde allí llamó a los artistas por teléfono. Sus colegas buscaban tranquilizarlo cuando un grupo de soldados ruidosos llegó a instalarse a un costado, en la barra. Desde que vieron llegar a los militares, algunos de los surrealistas, que ya habían bebido demasiado, los callaron a chistidos, pero los militares se burlaron de ellos, y cuando los oficiales cantaron canciones patrióticas, el pintor André Masson se puso de pie y se dedicó a insultarlos. Los soldados se levantaron en bloque y les preguntaron qué tenían en contra de la patria. Masson les explicó, en un tono poco diplomático, que los oficiales, la guerra y la patria eran una patraña en la que solo creían los más grandes imbéciles que había en el país. Uno de los reclutas agarró a Masson por la camisa y estalló la trifulca: el recluta quiso jalarlo hacia él, pero los surrealistas se interpusieron y le dieron una decena de bofetadas al militar antes que los demás entraran a rescatarlo. Breton y Soupault blandieron sus bastones, de modo que, en cuanto los reclutas se acercaban, caían al suelo fulminados. Los oficiales llamaron a otros soldados que estaban en la terraza y se armó la batalla campal. Al principio los surrealistas los tenían a raya con los bastones, pero los soldados les lanzaban platos y sillas, y, en vista de que los superaban en número, pronto arrinconaron a los poetas contra la ventana de cristal de uno de los muros. "Para escapar de ahí", decía el informante, "rompieron la ventana con una mesa de mármol y huyeron de un salto". Los militares solo atraparon a uno de ellos: al pintor André Masson, que se retorcía como un tigre furioso, pero terminaron por someterlo, decía el escrito, "y la hubiera pasado muy mal de no ser porque en el forcejeo los reclutas le desgarraron la camisa al pintor y este quedó con el torso desnudo. En ese instante, todos se detuvieron y lo dejaron en paz, pues el cuerpo de Masson estaba cubierto de cicatrices de guerra: heridas largas como una cimitarra y gruesas como medias lunas, porque Masson estuvo en el frente, fue herido en combate en defensa de la patria francesa varias veces y tuvieron que operarlo con frecuencia para salvarle la vida. Los militares del bar, en cambio, eran un montón de niños bien que ni siquiera habían terminado su servicio militar obligatorio. Al ver las heridas de Masson, el de mayor rango gritó que se detuvieran y ayudó al pintor a ponerse de pie. "¿Por qué, si estuvo en el frente, nos insultó?". "Porque estoy diciendo la verdad: la guerra y el Ejército son una enorme patraña, y sus jefes y sus políticos nos mandaron a una muerte segura para salvar su cochino honor. Nos mandaron a morir a nosotros y ahora esperan el momento oportuno para mandarlos a ustedes, todo en nombre de lo que estabas cantando, en tu canción de segunda". Masson salió a la calle, dio media vuelta y escupió al suelo: "Mire lo que hago con el honor de sus jefes". A esas alturas nadie salió a replicarle, y Breton y sus secuaces, que lo esperaban, alzaron a Masson y se lo llevaron un instante antes de que llegara la policía. "Yo presencié esto y puedo dar fe de ello". Con eso concluía el informe en tinta verde.

Tuve que pararme a mirar por la ventana. Me serví un vaso de agua y observé los árboles que bailaban con el viento de la tarde, cada vez más agitado.

La historia de Masson me dejó muy claro que, si aún podían verse los huecos de los obuses, ¿cuántas cicatrices no habría en el alma de quienes vivieron el horror de la guerra? Breton y su grupo fueron obligados a dejar los estudios y a tomar las armas, azuzados por sus mayores. A algunos, como a Péret, su propia madre los alistó en el Ejército. En el fondo eran como cualquiera de nosotros, siempre y cuando a nosotros nos hubieran rociado con gas mostaza, hubiésemos corrido para esquivar las ametralladoras alemanas, la lluvia de metralla o las amenazas de muerte de los generales, empeñados en enviar todos los días a morir a sus soldados en el frente. Los surrealistas atestiguaron cómo, a pesar de este sacrificio, la ubicación de las trincheras apenas se movió unos cuantos centímetros en cuatro años y, en cambio, el orgullo de los militares cobró muy cara su cuota de muerte y de sangre.

Luego de echarme un poco de agua en el rostro, abrí el sobre que me faltaba explorar: "Avistamientos recientes". De allí saqué algo que me dejó boquiabierto: una docena de retratos de grupo, tomados hacía pocos días, en la casa de los condes de Noailles, justo en una fiesta a la que yo también asistí. ¿Cómo se explicaba esto?, me preguntaba. O compraron las placas a un fotógrafo de la prensa o infiltraron a un espía que supo disimular su cámara. Y mientras más observaba cada una de las imágenes, mientras más apreciaba la naturalidad de las poses y la espontaneidad de los rostros, más me convencía de lo segundo. En una de ellas, el conde de Noailles estallaba en una carcajada por algo que, sin duda alguna, había dicho Man Ray: el artista se hallaba en el centro del cuadro con las manos abiertas, como si acabara de hacer una confesión singular. Y la persona a la que se dirigía el artista era yo mismo. Claro, me dije, esto fue cuando lo interrogué sobre su oficio; Man Ray respondió con enorme ingenio a mi absoluto desconocimiento de su profesión, provocando las risas del conde y sus invitados. Pero lo que más me llamó la atención fue que, aunque yo no recordaba ese momento, mi amiga Mariska me tenía abrazado con una mano por la espalda y con la otra se apoyaba en mi pecho. Su melena rizada parecía un halo que amplificaba la belleza de su sonrisa, y mi amiga, por lo general tan suspicaz, me miraba con algo parecido a la ternura.

Me fascinaba el fino diseño de su nariz, con su punta atípica, como si un escultor caprichoso hubiera plasmado ahí todo lo que sabía sobre el arte; las cejas finas pero muy oscuras, que enmarcaban sus ojos color verde oscuro, y su sonrisa siempre al borde de la carcajada. Mientras más la miraba, más me convencía de que en los rasgos de mi amiga había un mensaje secreto que yo debía descifrar.

Al ver de nuevo la foto me pregunté si el único beso que me había dado hasta entonces, la noche en que atacaron Los Jabalíes, no había sido más bien una manera amable de despedirse para siempre. Eso pensé durante un buen rato y siempre terminé en el mismo callejón: sólo podría saberlo al verla de nuevo.

Porque el encuentro con Breton era inminente, puse expedientes y retratos en la chimenea, tomé la caja de cerillos que obsequiaba el hotel y les prendí fuego, con una sola excepción. Sabía que esas cosas no estaban permitidas a un agente de la Brigada, pero guardé el retrato de Mariska en mi cartera.

Solo me faltaba abrir un pequeño sobre, con un sello reciente de la oficina de correos; uno que decía "Advertencia" y la palabra estaba subrayada tres veces. Una breve nota escrita a mano, en tinta verde, denunciaba una situación inquietante: "Debo informarle, señor comisario, que es altamente probable que la psique de Breton se haya deteriorado más en las últimas semanas. Cuando fuimos a verlo insistió en que el fantasma lo había seguido en su viaje. Algunos, como el doctor Naville, creen que es un ataque de nervios a causa de las dificultades que ha generado su divorcio; pero otros, como Desnos o Soupault, que están disgustados con él, sugieren que está perdiendo la razón. Breton se encuentra irritable y explosivo, teme por su vida. La única persona que podría reconfortarlo es madame Sacco o los señores Markus y Louise, pero nadie sabe dónde están". La nota no estaba firmada, pero a esas alturas podía reconocer la letra del informante encubierto que vigilaba a los surrealistas. Markus y Louise eran los muertos que fui a ver en el Sena; madame Sacco, la persona a la que se refería el anónimo, era una joven médium que solía leer el tarot en el Marais. Yo la conocía de vista: con frecuencia se presentaba en el despacho de mi abuela y pedía hablar en privado con ella. Nunca me inspiró confianza: desde el momento en que entraba estudiaba con avidez de coleccionista cada una de las figuras que decoraban la oficina. Una vez, incluso intentó llevarse una en especial. Mi abuela la trataba como a una niña caprichosa y la despedía luego de ofrecerle té y galletas. Me extrañaba que esa mujer con tan poca experiencia aconsejara a Breton. Pero, como decía mi abuela, cuando no conoces la verdad, a cualquier mentira te le hincas.

El reporte del informante concluía con la copia de una carta de un pintor italiano, un tal Giorgio de Chirico, dirigida a un crítico francés, a fin de quejarse de Breton. Lo que expresaba allí no consiguió tranquilizarme. Luego de saludar a su interlocutor, De Chirico decía:

Ya sabes lo que pienso de esos crueles dictadores que son los comerciantes de arte parisinos, y sus críticos de arte mercenarios, que venden caras sus opiniones y hacen o deshacen la reputación de un creador sin tomar en cuenta el auténtico valor de una obra. Ambos se aprovechan de la ignorancia que hay en materia de arte y explotan sin remordimiento alguno el esnobismo y la estupidez de su clientela, por lo general millonarios americanos, preocupados por ser admitidos rápidamente en los círculos más exquisitos de Europa, los muy simplones, y para ello adoptan el recurso de colgar cuadros modernos en sus casas, cuadros que con frecuencia ni aprecian ni comprenden... Pues bien, te confieso que los fuertes escándalos que surgieron a raíz de mi nueva exposición en París fueron organizados no por los empresarios del arte, los chacales, sino por un grupo de perezosos, hijos de papá, artistas abúlicos y sin obra, un grupo de canallas pobretones y decadentes, que pomposamente se bautizaron a sí mismos como "los surrealistas", ¡como si estuvieran por encima de los retos de esta realidad, cuando son un grupo de haraganes incapaces de ganarse la vida, e incluso de abrocharse los zapatos, ya no digamos de pagar la renta o planchar una camisa! Este grupo de descarriados, que no le presentaría ni al peor de mis enemigos, obedece las órdenes de un supuesto poeta conocido en los cuarteles de policía como André Breton. Sus escuderos más fieles son un tal Aragon (hijo no reconocido de un prefecto de policía, desertor de la escuela de medicina y parlanchín de tiempo completo, con la boca más grande que sus ideas) y un pseudopoeta de nombre Éluard (un cornudo que busca, pero no consigue, disimular su nariz torcida poniéndose de lado en todas las fotos, como tampoco logra encubrir su mezquindad adoptando expresiones místicas en público, dignas de san Juan Bautista): no daría un centavo partido por ninguno de ellos. Breton, por su parte, que durante mi primera estancia en París fingió ser mi admirador entusiasta y me invitó a las reuniones iniciales de su grupo, perdió el contacto conmigo durante años y, lejos de alegrarse, se indignó al enterarse de que yo no había muerto durante los difíciles años que siguieron a la Gran Guerra, como él creía; y cuando supo que preparaba una exposición para mostrar lo más reciente de mi producción, enloqueció de rabia. Según supe, durante mi ausencia, Breton y sus amigos se las ingeniaron para comprar a precios de risa los cuadros que dejé en casa de mis supuestos amigos franceses y de mi primer galerista en París —ese canalla—. Los surrealistas llevaban años elogiando la supuesta "pintura metafísica" que yo había logrado antes de 1920, la cual, según ellos, representaba a sus ojos el más puro espíritu surrealista, y no sé cuánto más, y pensaban hacer una gran exposición con la producción de mi primera época, apoyados por su aparato de críticos leales: la idea era crear un misterio en torno a mi vida y hacer que mis viejos cuadros se cotizaran por las nubes para revenderlos y forrarse de billetes. Pero yo no tenía intenciones de morir para enriquecer a ningún ladrón, mucho menos a los surrealistas, y les avisé que estaba vivo y me presentaría en París. ¿Y sabes cuál fue su reacción? Intentaron boicotearme de todas las maneras posibles, todas baratas e insuficientes: publicaron artículos en mi contra, organizaron exposiciones paralelas, pegaron volantes en la calle, orquestaron una campaña de difamación de mi nueva obra e incluso el tal Aragon, instigado por Breton, publicó un panfleto contra mis nuevos cuadros, alegando que me había vendido a los comerciantes y que mis únicas obras valiosas eran las que ellos habían reunido con muchos trabajos, y, claro, sólo se vendían en las galerías autorizadas por ellos. ¡Como si yo no tuviera derecho a evolucionar! ¡Como si no tuviera derecho a pintar nuevos cuadros y tomar otros caminos! ¡Como si un cuadro no fuese parte de una obra en proceso, hecha en etapas sucesivas (y algo muy similar puede decirse de toda carrera artística)! Fui a ver a Breton a su domicilio, y me enteré de que se estaba divorciando de su mujer, seguramente por constantes infidelidades de su parte, pues un sujeto que salta de una corriente artística a otra con toda facilidad puede abandonar a la pareja que lo ama. Su exesposa no supo decirme dónde vivía el autonombrado poeta y me las vi negras para que uno de nuestros conocidos mutuos me diera la dirección de este bruto. Y cuando finalmente la tuve, le envié un telegrama para citarlo en mi café favorito, en el Pasaje de la Ópera, a dos pasos de mi hotel. El muy cobarde me respondió como era de esperar: dijo que por ningún motivo pisaría el Pasaje de la Ópera en esos días y que prefería verme por su nuevo barrio, en la calle Fontaine; que, si no tenía inconveniente, tomara el metro hasta allá. ¿Y sabes qué argumentó? Que había visto un fantasma espeluznante en los alrededores y no deseaba encontrarse con él. ¿Puedes creerlo? ¡Luego de tanta grosería de su parte, me sacó un pretexto ridículo y aún insistía en que fuera yo quien me desplazara, con todas las incomodidades que esto acarrea en París! Le envié un telegrama fulminante: "Adiós, Breton, ¡hasta nunca! Que el fantasma de Apollinaire, a quien dices apreciar, venga a reclamarte tu actitud hipócrita; que la poesía, que nos ha dado tanto, corte todo lazo que tiene contigo; y que los versos, que eran para ti como el aire que respirabas, se resistan *a salir de ti y no puedas escribirlos de nuevo; que la prosa de la novela, que tanto detestas, se convierta en tu forma de vida. Adiós, Breton, fue un placer conocerte mientras fuiste un poeta". Eso le dije y no volví a saber de él. Por fortuna, los planes de estos sujetos no prosperaron: las manifestaciones en mi contra y sus frecuentes escándalos terminaron por atraer nueva y rica clientela para mis cuadros recientes, que, como bien dicen mis nuevos compradores, son más simples que los primeros, pero también son más entusiastas, y cuelgan mis cuadros en sus magníficas salas norteamericanas, mientras más amplias mejor. Poco me arañaron los rencores histéricos de Breton y su banda, entre otros fracasados de la capital de Francia que no comprenden ni comprenderán jamás mi búsqueda personal. Y suspendo aquí esta carta, porque tampoco estoy seguro de que tú, querido amigo, hayas comprendido por completo y como se merece el sentido de mis últimos cuadros, según puedo juzgar a raíz del artículo tan fallido que publicaste en cierto periódico de tu país...*

Tuve que arrojar al fuego la copia de la carta porque tocaban a mi puerta. Era Suzanne otra vez:

—¿Usted quiere ver al señor Breton? Lo está esperando en la recepción...

8

El más suspicaz de los poetas

Tomé un cuaderno y mis notas y seguí a la camarera hasta la entrada del Manoir. Cuando llegamos a la sala de recepción tuve la impresión de que el Perro Negro de Brocelandia había cambiado de lugar.

—¿Lo movieron?

—No —Suzanne me miró extrañada—, siempre ha estado allí.

Me acerqué a la armadura. Un olor a humedad emergía del interior.

—¡Qué raro! —Suzanne frunció el ceño, luego de examinar la sala—. El señor Breton dijo que lo esperaría aquí. Vamos a buscarlo en su estudio.

Atravesamos el jardín hasta llegar a una especie de granero en ruinas. Suzanne tocó y, como nadie contestó, abrió con su propia llave, corrió la inmensa puerta e hizo un bonito gesto al fruncir la nariz:

—Tampoco está aquí.

Era una choza de las que se usan para albergar a los animales de tiro, con pacas de heno y forraje y unos cuantos cajones de mediana estatura para los caballos. Lo primero que uno veía era una mesa de nogal, muy bella, que se hallaba justo a la entrada, con una silla antigua, cubierta por un grueso cojín. Protegido de los excesos del clima, cuando la puerta se encontraba abierta, el escritor podría ver desde allí un par de colinas que descendían hacia los acantilados. Por su parte, el techo tenía dos boquetes enormes, cubiertos de modo provisional con tablas de madera. Había numerosos instrumentos de carpintería y costales de cemento unos pasos detrás: ese debió ser el sitio en el cual renunciaron en masa los albañiles.

—No todos los días tenemos a un poeta famoso, así que el gerente le ofreció este rincón, de modo que no estuviera encerrado a la sombra. Porque cuando ese señor se sienta trabajar, ¡caramba! Puede pasar todo un día sin que salga de su cuarto a desayunar o a comer, y no es raro que nos despierte a las tres de la madrugada para preguntar si podemos prepararle algo.

—¿El señor Breton se hospeda aquí con frecuencia?

—Estuvo aquí todo el verano, en agosto. Dijo que quería terminar un libro y se encerró por completo: hubo semanas en las que no me dejaba entrar a limpiar su habitación, porque estaba ahí, concentrado, escribiendo. ¿A quién se le ocurre encerrarse en verano?

—Debe ser muy trabajador.

—Pero le gusta la fiesta también. Cuando vienen sus amistades es otra historia: a veces no duermen. Se reúnen todos en la sala y se amanecen ahí, platicando y bebiendo. La última vez que vinieron, el señor Duhamel quiso bailar encima de la radio: ya vio en qué condiciones la dejó.

—Ojalá pueda hablar con el señor Breton antes de que lleguen sus invitados… después, en esas condiciones, será imposible hacer la entrevista.

—Sería lo mejor. ¡Vaya que beben en esas reuniones! Además, siempre vienen demasiados: no lo dejan un segundo a solas.

Aproveché la amabilidad de Suzanne para acercarme al escritorio. Sobre la mesa de madera descansaban un libro sobre Victor Hugo y un cuaderno, abierto en una página que decía: "Orden de la siguiente sesión". Justo cuando iba a leerlo, la mesera se interpuso:

—¿Todos los periodistas son tan impertinentes? Vamos a buscar al poeta, ¡ande, vamos!

Y de manera amable pero firme me invitó a salir del granero y cerró la puerta con llave.

No había dado dos pasos cuando vi que, sobre un seto cercano, aleteaba una hoja arrugada, que debió volar del escritorio. La recuperé con discreción y la guardé en el bolsillo lateral de mi saco.

—Ah, por fin los encuentro. Vengan acá.

Muy formal, en saco y corbata, el gerente me indicó a señas que me acercara. Había terminado de ensamblar la radio y hacía esfuerzos por sintonizar una estación.

—El señor Breton vendrá en un momento, fuimos a revisar el salón principal. Quiere confirmar que todo está listo para mañana… Ah, mire —señaló con la quijada hacia el final del pasillo—, justo allí viene.

Un hombre de unos treinta años, de complexión robusta, se acercaba hacia la recepción proveniente del final del pasillo. Algunos rizos de su espesa melena oscura por momentos se rebelaban y le caían sobre la frente, pero él se empeñaba en peinarlos de inmediato. A pesar del creciente calor, no estaba sudando ni se había quitado la corbata. Vestía una camisa azul de manga larga y cargaba el saco doblado sobre el antebrazo izquierdo. Con la diestra se llevaba de cuando en cuando un cigarrillo a los labios.

En cuanto detectó mi presencia, frunció las cejas.

—Señor Breton, este es el caballero que lo busca. El periodista.

El poeta se detuvo a unos pasos de mí:

—¿Nos conocemos? —Era evidente que mi presencia lo tomó por sorpresa.

—Claro que sí, pero no me extrañaría que no me recuerde. Colaboro con un diario de Bélgica, *La Libertad*.

—*Libertad*... No he oído hablar de él, y vaya que me acordaría de ese nombre.

—Hemos sacado pocos números. Pero tenemos una sección de cultura.

—No me suena en absoluto.

Hasta ese momento yo había conocido a tres normandos muy desconfiados, pero ese Breton era el amo de las precauciones, el rey de la suspicacia, la reserva nacional de la sospecha; si algún día se acababa el recelo en toda Francia, bastaba con preguntar dónde estaba Breton, y asunto resuelto.

—¿Tenemos conocidos en común?

—Claro que sí. Man Ray podría hablarle de mí. Estuve en su estudio hace poco. O Robert Desnos...

—A Ray lo visita cualquiera, siempre y cuando tenga para encargarle un retrato... incluso los policías; de Desnos no quiero saber ni una palabra por el momento.

Usé mi última carta:

—Soy amigo de Mariska.

Breton alzó las cejas. A juzgar por su expresión, le faltaba poco para pegarme.

—Ah, es cierto. Ya lo recuerdo... pero dígame una cosa: ¿quién le informó que yo estaba aquí?

Tuve que pensar muy bien mi respuesta:

—No fue fácil hallarlo. Fue su editor, el señor Gallimard, quien me dio sus datos. Me atreví a hacerlo porque le escribí a su dirección particular, y me devolvieron las cartas.

—Mucha prisa tendrá su diario para enviarlo hasta aquí… en cuanto a mí respecta, ya no vivo en esa dirección, me estoy divorciando. Si me escribe, envíele la correspondencia a mi editor, a Gallimard.

—¿Cree que podría concederme una entrevista? El director del diario es gran admirador suyo.

Pero el poeta no iba a tragarse tan fácilmente los halagos:

—Tengo que preparar una reunión. Si lo desea, tengo unos minutos ahora mismo. Acompáñeme y platiquemos en el camino.

Imposible negarse a alguien que fue militar y está habituado a mandar. Lo único que lamenté es que Breton no me dio tiempo de subir al cuarto por mi pistola.

Pronto estábamos caminando por la carretera, pendiente abajo. Al alejarnos del Manoir, tuve una intuición:

—¿Quiere cortar por el bosque? Si no me equivoco, podríamos entrar por ahí y salir justo donde comienza la ciudad.

Pero el poeta palideció.

—¿Se encuentra bien?

—Prefiero caminar por la carretera. Hay un bar a unos minutos, si no le importa.

—Encantado.

Y al pasar frente a la parte más frondosa del bosque, por el costado derecho del hotel, añadió:

—Allí intentaron matarme…

—¿Cómo dice?

Eran las dos de la tarde, pero el sujeto temblaba. El papa del surrealismo caminaba con verdadera ansiedad, buscando alejarse.

Un par de minutos después nos sorprendió el simpático sonido de un claxon, ronco y desparpajado a la vez, como si el coche estuviera en completa sintonía con su ocupante. Era el taxista con bigotes de foca.

—¿Van a la ciudad, señores?

Olía a alcohol a varios metros de distancia.

—No, gracias. —Breton me comentó aparte—: Este señor estaba tomando directamente de un barril de cerveza hace unos minutos, en el mismo lugar que yo.

—Vamos al Bar de los Ciervos.

—El camino es de bajada y no pienso encender el motor, así que no tengo por qué cobrarles —insistió el taxista.

—Le agradezco —detuve al chofer—. ¿Le parece bien, señor Breton?

Muy a regañadientes, Breton se acomodó la melena densa y leonina y subimos al taxi.

—Tuvieron suerte de que los viera. Así llegarán descansados a la ciudad.

—¿Qué le sucedió en el bosque? —le pregunté a Breton, pero este me indicó que guardara silencio, ya me explicaría todo después, pues el taxista no perdía palabra de nuestra charla.

—¿Le pasó algo? ¿Se topó con los vándalos? —El taxista lo miró por el retrovisor y apenas despegó la vista de él durante el resto del camino.

—No, por fortuna.

—Menos mal. De este lugar y esta región siempre se ha dicho que son mágicos, como si tuvieran el magnetismo suficiente para atraer gente extraña y provocar cosas raras. ¿Sabe lo que es un cementerio marino? Hay uno muy cerca de aquí…

—Veinte minutos al norte —dijo Breton.

—Exacto. Ahí están las tumbas, y unos pasos delante, ochenta metros de acantilados… Miren: hemos llegado a el Bar de los Ciervos. ¿Están seguros los señores de que no quieren que los lleve a otro lugar más respetable, en el centro de la ciudad?

—Aquí está bien. Gracias, caballero.

Breton se apeó de un salto y caminó en dirección del bar, donde un ciervo con grandes astas pretendía saltar del letrero. El taxista me chistó cuando yo bajaba del auto:

—No se queden mucho tiempo aquí... Recuerde lo que le conté.

—Es parte de mi trabajo.

Y dado que Breton ya cruzaba la calle, corrí para alcanzarlo:

—El taxista cree que este lugar es peligroso.

—Eso dependerá de usted, señor Le Noir... Si ese es su verdadero nombre.

El poeta me dedicó una mirada bastante hostil y entró al bar. Vaya que lamenté haber dejado la 38 en mi habitación.

9

El interrogatorio

Nos instalamos junto a una ventana que miraba a la carretera y, detrás de ella, a un espeso bosque de pinos. Breton pidió una cerveza y yo un café.

—¿Qué le parece si empezamos? —Saqué libreta y lápiz.

—Un momento. —El poeta encendió un cigarrillo y me estudió como si algo importante se decidiera con mi respuesta—. Primero dígame una cosa: ¿qué tipo de relación tiene con Mariska?

Caramba, pensé, ¡ahora el interrogado soy yo! Pero no me arredré:

—Estábamos saliendo juntos, no la veo desde la semana pasada. ¿Usted sabe dónde se encuentra?

Mi respuesta debió desagradarle, porque meneó la cabeza.

—Quizás no tenga tiempo para la entrevista…

—¡Seré muy breve!

A esas alturas, ya me sabía de memoria el cuestionario que preparó Fleur:

—Leí *Los campos magnéticos*. Me parece un trabajo muy interesante. Como dice su editor en la presentación: es un trabajo *precursor, experimental...* Me gustaría saber en qué está trabajando ahora.

Breton respondió de mala gana:

—Estoy revisando las pruebas de un libro que terminé durante el verano... Un texto muy raro, mitad ensayo, mitad crónica de un suceso inquietante que viví.

—¿Qué tipo de suceso?

—Digamos que conocí la belleza convulsiva... Deme un minuto...

Pidió al mesero un licor en lugar de la cerveza. Tal como me había dicho Fleur, si Breton se hallaba a disgusto, era más fácil sacarle una muela que una respuesta.

—Supe que poco antes de venir aquí, usted interrumpió eventos literarios parisinos en los que, en su opinión, no se le tenía suficiente respeto a la poesía. ¿A qué se debe esto?

—A mis convicciones: defender la pureza de la poesía equivale a defender el derecho de todo hombre a pensar por sí mismo y a decir lo que piensa. ¿Por qué tenemos que soportar los escollos que los escritores mediocres insisten en ponerle?

—¿Y cuáles son estos obstáculos?

—Todo aquello que no conduce a lo maravilloso: las ideas rutinarias, la burocracia mental, el lirismo fácil, los discursos políticos que abusan de las vaguedades del pensamiento prosaico, las alusiones grandilocuentes a la historia y otros trucos de la elocuencia barata.

—También rechaza la herencia de ciertos escritores franceses.

—No diría que desconozco tanto a ciertos autores como a algunas obras irresponsables, dispuestas a lanzar a la siguiente generación a morir a la guerra. Hay varias palabras que estos autores usaban y deberíamos vaciar por completo y llenar de un contenido distinto: la palabra "patria", por citar solo una.

—¿Está de acuerdo, como dicen algunos de sus lectores, que usted propone una nueva idea de algunas palabras en sus obras? ¿Del amor, por ejemplo? —Me sentí incómodo con la pregunta tan pronto la hube formulado. Sin duda soné demasiado cursi.

—Bueno… así como usted lo pone suena terrible. Quienes me frecuentan saben cuánto me molestan términos como "luna de miel", "pieles electrizadas por el deseo" o "el rayo de Cupido": todo eso no es más que meteorología de pacotilla. Creo que todos, no solo los poetas, deberíamos revisar la concepción que tenemos del amor. No se trata de un fenómeno menor: ¿por qué en los encuentros más importantes de nuestra vida el azar y el destino parecen jugar un papel decisivo? ¿Por qué el encanto que provoca el amor se parece tanto a vivir en un sueño? Pero no quiero hablar de eso ahora…

—De acuerdo… Su obra está marcada indirectamente por la experiencia de la guerra. ¿Dónde fue incorporado al Ejército?

—Primero como enfermero en el Hospital Público de Nantes y después en el Centro de Neurología de Saint-Dizier. Luego en el frente, como camillero, y de allí al Hospital Val-de Grâce, en París.

—¿La pasó mejor en París que las trincheras?

—Siempre y cuando le guste oír cómo gritan los desahuciados, los locos furiosos, los que perdieron la razón. Llegaban por decenas, ambulancias enteras, y debíamos tranquilizarlos de inmediato…

Dio un trago largo al licor. ¿Qué tenía esa región que, del taxista al poeta, todo el mundo bebía tragos fuertes en Varengeville?

Se hizo un silencio muy pesado, que me costó romper. Usé la última de las preguntas de Fleur:

—¿A dónde se dirige el surrealismo?

Por fin logré plantear una pregunta del agrado de Breton. Se lanzó a disertar sobre sus ideas estéticas, los retos artísticos e intelectuales que afrontaba el grupo, las pugnas y riñas ocurridas por líos sentimentales que involucraban a las novias de sus amigos; se quejó de los miembros del Partido Comunista, de los suplementos literarios franceses, de la editorial Gallimard, que le cobraba una cantidad mensual por almacenar y distribuir *La Revolución Surrealista*, "cuando ellos deberían patrocinarla". Se quejó, también, de los críticos parisinos, de algunos miembros del grupo, pero, sobre todo, de la manera como la vida actual estaba diseñada para reducir nuestra imaginación a una especie de esclavitud, a una pobre visión del mundo que pone entre paréntesis nuestros sueños y nos condena a vivir en tres miserables tiempos verbales: lo que fue, lo que es y lo que será, cuando se olvida de muchas otras posibilidades, mucho más ambiciosas, como lo que pudo ser, lo que puede ser, lo que podría ser, lo que desearíamos que ocurriera; todo esto en su opinión solo engendraba libros ridículos, planos desde el punto de vista artístico, chatos desde el ángulo literario, ridículos en sus descripciones, tediosos por las imágenes que repiten lugares comunes y se olvidan del papel que juega el azar, de la necesidad de acceder a lo maravilloso, de crear una realidad superior, una *surrealidad*. Como este camino no existía, se vio obligado a crear un nuevo método de expresión para acceder a ella y, aunque consideró llamarlo *supernaturalismo*, en homenaje a Nerval, terminó por llamarlo *surrealismo*, por consejo de su amigo Philippe Soupault, y con ello quería indicar la enorme urgencia, la búsqueda desesperada, la voluntad de saltar por encima del control que ejerce en nosotros la razón, de encontrar un camino que permita expresar nuestros verdaderos pensamientos sin filtro alguno, de manera automática, y haciendo a un lado toda preocupación estética o moral, tal como él lo escribió en el primer *Manifiesto del surrealismo*.

En este punto de la entrevista pedimos algo de comer, más una botella de vino tinto, y Breton se relajó un poco más.

Mientras el poeta seguía exponiendo sus ideas estéticas, tomé nota de cuántas querellas había entablado en el último año. Todo indicaba que la popularidad del señor Breton iba cuesta abajo. Había reñido con:

1. Los dirigentes del partido comunista en Francia,

2. Dos críticos (Louis Vauxcelles, Jean Paulhan),

3. Los herederos de Anatole France,

4. Los herederos de Maurice Barrés,

5. El pintor Giorgio de Chirico (el autor de la carta),

6. El escritor Tristán Tzara, que, según entendí, había dirigido el dadaísmo y fue de algún modo mentor de Breton;

7. El poeta Philippe Soupault,

8. El actor Antonin Artaud,

9. El poeta Robert Desnos,

10. Su ahora exesposa, Simone Kahn;

11. El escritor Max Morise que, según él, a pesar de decirse su amigo se habría convertido en el amante de su exesposa, Simone;

12. Al menos dos grupos de soldados, tres diputados y distintos grupos de ciudadanos belicistas hallados al azar durante sus francachelas, paseos y caminatas por París.

Cuando terminó su exposición, el poeta guardó silencio. Entonces le planteé la pregunta que el comisario esperaba con impaciencia.

—Señor Breton, lo primero que comentan sus lectores y seguidores es un fenómeno muy raro que parece producirse en su presencia. Es como si usted provocara lo maravilloso: coincidencias asombrosas, hallazgos de objetos tirados que tienen una enorme fuerza poética. ¿Es cierto que incluso ha presenciado diversos fenómenos sobrenaturales en los últimos meses?

Me escrutó con la mirada, más molesto que nunca:

—No sé quién le habrá contado eso... ¿Qué le dijeron, exactamente?

—Bueno —consulté mis apuntes—, es un rumor general. La gente dice que usted es un ser especial, que atrae lo inesperado. Hablan de fantasmas, incluso.

El poeta suspiró profundamente:

—Al principio eran ellos, mis colegas, quienes lo decían. Las mujeres con las que viví. A veces incluso los editores y los críticos; otros poetas, sobre todo. Pero digamos que de un tiempo a la fecha he terminado por aceptar que es como si tuviera algún tipo de magnetismo para atraer ciertos hechos extraordinarios... No lo pedí, no lo busqué, es una habilidad que otros me atribuyen, pero quizás ha llegado el momento de aceptar que entre algunos seres y yo se establecen unas relaciones más peculiares, más inevitables, más inquietantes de lo que yo podría suponer.

—¿Qué tipo de seres?

Se talló las sienes:

—Si no le molesta, ¿podríamos terminar esta conversación más tarde? Le sugiero vernos en el Manoir y tomar una copa al final de la tarde. Tengo cosas que hacer.

—Pero debo terminar la entrevista...

—Usted, señor Le Noir, deja que su vida lo exprima, como a una naranja. Deja su vida por todas partes, como un cordero camino al matadero. Su docilidad es aterradora.

Se preparó para salir. Vaya que era impredecible el poeta.

—Espero que mi entrevista no lo haya disgustado.

—Al contrario. Pero le confieso que estoy confundido: usted realizó preguntas que solo podría plantear un gran conocedor de mi trabajo, y, sin embargo, podría jurar que usted no ha leído uno solo de mis libros.

Supongo que enrojecí.

Breton se puso de pie y se preparaba a lanzar un par de billetes sobre la mesa, pero lo detuve:

—Por favor, permita que sea el periódico *La Libertad* quien lo invite.

El poeta me miró y sonrió de lado:

—Empiezo a creer en la existencia de *la Libertad*.

—¿De veras no quiere que lo acompañe? Lo digo porque, según usted, hace poco… en el bosque…

—Quiero estar solo. Hasta pronto.

Y me dejó en el bar. Se detuvo a fumar un cigarro en la acera de enfrente, pero en realidad creo que lo hizo para comprobar que no lo seguía. Si el poeta no estaba de acuerdo, no habría manera de vigilarlo, al menos no en una ciudad tan pequeña y tranquila como Dieppe, así que aguardé un par de minutos y, al ver que Breton no volvía, pedí prestado el teléfono al mesero. Este me indicó un aparato en una cabina y me dio cambio. Pero antes había algo que me estaba quemando en los bolsillos.

Saqué la hoja que recogí de los setos, frente al estudio de Breton. Lo que leí me cambió la imagen que tenía del poeta. Era el borrador de una carta, dirigida al doctor Naville:

Querido Pierre:

Como te habrá dicho Duhamel, la aparición me siguió hasta aquí. Cuando la vimos me hallaba con... [esta sección se encontraba ilegible, pues la lluvia había arruinado la tinta en esa parte de la hoja]. *Me hallo tan angustiado como al principio de esta situación y se me han terminado los calmantes; solo me queda el consuelo del alcohol y vivo sobresaltado, temiendo que eso aparezca de nuevo en cualquier momento.*

Pierre: si en algo valoras nuestra amistad, si en algo me aprecias, te ruego que convoques a quienes estaban en la reunión en que empezó todo (Péret, Éluard, Duhamel...) y vengan a verme el próximo sábado. Convoca a Louis y a Magritte, incluso a los españoles, y, sobre todo, ven tú: tu presencia es indispensable en estas circunstancias. Ni a Artaud ni a Desnos tiene caso que los busques, ni tampoco a Leiris o a Soupault. En cambio, te ruego que despliegues todos los recursos a tu alcance para convencer a Crevel de venir. No ignoro la profundidad de las diferencias que han surgido entre nosotros, pero es indispensable que, en ausencia de Desnos, sea él quien abra la puerta a la manifestación. Si te resulta imposible localizar a los magos, seré yo quien cargue con el peso de esta última sesión y las consecuencias que surjan. No necesito subrayar la urgencia con que requiero tu apoyo.

La carta concluía con una extraña posdata:

Cuéntale todo esto a nuestra amiga de Hungría antes de venir.

Por un largo instante, la furia me impidió pararme de la mesa. ¡Breton se refería a Mariska! Tardé en calmarme y en aceptar que, si el poeta sabía dónde se encontraba mi amiga, debía ser mucho más cauteloso en el siguiente interrogatorio y ganarme su confianza de un modo rotundo. Pero también me surgieron las dudas más afiladas: ¿estaría bien mi amiga? ¿Tendría él acceso a su escondite? ¿Se hospedaría en casa de Naville?

Luego de asegurarme de que no había oídos indiscretos fui a la cabina telefónica y marqué el número de la Brigada Nocturna. Tal como había ordenado el jefe, me identifiqué como el reportero belga. El comisario respondió de inmediato:

—¿Qué has encontrado, Le Noir?

Le conté mis hallazgos hasta ese momento, y el jefe gruñó:

—Averigua a qué tipo de apariciones se refiere. Nosotros vigilaremos al tal Naville y te diré si aparece tu amiga. Espero el resto de tu informe cuanto antes.

—De acuerdo, patrón. Y, jefe… ¿ha surgido nueva información sobre el paradero de Mariska por allá?

—Nada —gruñó—. Lo que me dices es lo primero que sale. Tú actúa como te ordené: sigue al poeta y él te llevará a tu amiga. Y ten cuidado.

—Así lo haré.

Al decir esto, advertí que el cantinero y un par de sujetos con apariencia de leñadores no me quitaban la vista de encima. Quizás había adoptado mi cara y mi tono de policía en el sitio menos conveniente, así que colgué y me fui del Bar de los Ciervos. En toda la tarde no había ocurrido allí un solo crimen y no quería tentar a la suerte.

10

La noche del cuchillo

Tan pronto llegué al hotel el gerente dejó lo que estaba haciendo y me entregó mi llave.

—¿No ha vuelto el señor Breton?

—No todavía. —Se encogió de hombros—. Si fuera usted, no lo esperaría. Cuando sale a caminar por las tardes puede volver hasta la madrugada.

Admiré por un instante la extraordinaria pieza de herrería en forma de dragón y subí al segundo piso, donde, por más que lo intenté, no podía quedarme quieto. Saber que quizás Mariska estaba viva, que había sobrevivido al ataque de Los Jabalíes y que probablemente se reponía del ataque en casa del doctor Naville cobraba sentido cada vez más. Pero aunque sentía el impulso de dejarlo todo y volver a París en ese momento, comprendía que el escondite de mi amada podría estar muy cerca, y no me convenía abandonar la compañía de Breton, al menos no de repente, pues más tarde sería imposible volver a ganar la confianza que había conseguido.

Y sobre todo, lamenté no haber seguido al poeta en su caminata, pero él me habría detectado de inmediato. Movido por la ansiedad, no veía el momento en que Breton regresara.

Para confirmar que no dejé pasar información importante, abrí el expediente dedicado a las "Mujeres ligadas a los surrealistas". Además de la condesa de Noailles, a quien tuve la oportunidad de conocer, y la cual me parecía una persona estupenda, la copia del informe incluía las fotografías de tres millonarias, todas retratadas por Man Ray: la marquesa Luisa Casati, sin duda una de las personas más inconfundibles que habían posado para el fotógrafo norteamericano hasta ahora, tanto por el mechón de cabello blanco que resaltaba en el centro de su frente, como por la expresión de susto extremo, que solo adopta quien acaba de ver un fantasma; la joven Peggy Guggenheim, de mirada intensa y con la punta de la nariz redondita, de pie con un cigarro de boquilla y un vestido que debía costar lo mismo que un automóvil de lujo. La mirada de esta millonaria solo competía en intensidad con la de otra ricachona, la muy delgada Nancy Cunard, una joven rubia que portaba cerca de treinta brazaletes en cada brazo y se pintaba los ojos con la determinación de llamar la atención. El letrero al dorso decía: "La editora Nancy Cunard, hija del magnate que fundó la famosa compañía naviera británica". El anónimo informante había añadido en tinta verde:

Nivel de neurosis de las millonarias, del 0 al 10:
Condesa de Noailles: 2
Casati: 9
Peggy: 5
Nancy:10

Pero nada me llamó tanto la atención como el rostro y la sonrisa encantadora de una joven de mi edad, que aparecía con el torso desnudo en una suerte de retrato artístico y muy moderno: se llamaba Meret Oppenheim y, por lo visto, era musa y modelo de Man Ray, Jean Arp y Picasso, pues aparecía retratada junto a cuadros de cada uno de los anteriores. En una de las fotos en el taller de Picasso, Mariska la tomaba del brazo. Por más que hice memoria, no recordaba haberme encontrado con ella en la cena de los condes de Noailles, ni en el bar en que me topé con Desnos, aunque parecía muy cercana a mi amiga. Tomé nota de que su nombre no se encontraba en la lista de los invitados a la reunión, pero me dije que no estaría mal que mis colegas fueran a vigilar su casa: si Mariska sobrevivió al ataque, podría estar con ella: a juzgar por su sonrisa, era el tipo de persona con la que uno se lleva bien de inmediato. En cambio, no me dieron muchas ganas de acercarme a una mujer de mirada gélida: Elena Ivánovna

Diákonova, escritora de origen ruso y esposa del poeta Paul Éluard. Una nota escrita a mano al reverso de su imagen decía: "Los miembros del grupo dicen que, en lugar de ver a las personas, Elena Ivánovna adivina sus cuentas bancarias y determina qué tanto le pueden aportar a sus proyectos, opinión que me parece injusta". La letra me parecía conocida, así que la comparé con la letra del informante anónimo y comprobé que coincidían en muchos rasgos: ambos usaban tinta verde, idéntica caligrafía manuscrita y un mismo símbolo para cualquiera de los tres tipos de acento franceses, como hacen los niños cuando están inseguros de la ortografía correcta. Volví a examinar la imagen de Elena Ivánovna y sentí algo de pena por ella: era cierto que su mirada brillaba por sus rasgos fríos, pero a la vez tenía mucho de desesperación y angustia, como esas personas que viven huyendo y con el temor de perderlo todo. En cambio, Meret… ¡qué persona tan afable prometía ser! En lo que respecta a las millonarias excéntricas, pensé, luego de conocer a la condesa de Noailles, si otra millonaria se me acerca, saldré huyendo por la ventana. No había terminado de pensar en ello cuando tuve una idea.

Guardé la 38 en mi saco, agucé el oído y salí de puntitas. Cuando me aseguré de que no había nadie en el interior, saqué una ganzúa y, luego de algunos trabajos, abrí el cuarto de mi vecino.

Si viajó con un arma, esta no se hallaba en la habitación, y contra lo que yo supuse, no usaba medicamentos para dormir ni sedantes que pudiesen afectar sus nervios o provocar alucinaciones. Vaya, ni siquiera tenía una botella de vino.

Sobre la mesita de noche estaba un libro de León Trotsky, comprado en la librería de *L'Humanité*, a juzgar por el sello en la primera página; cuatro cuadernos cuadriculados, repletos de anotaciones y dibujos, y una carpeta de piel que contenía diversas fotografías de París: la plaza Dauphine, el Palais Royal, el bulevar de las Capuchinas... Debajo de todo esto hallé dos sobres con fecha de un mes atrás: en uno alguien que firmaba como "Man", y no podía ser otro que Man Ray; decía enviarle las imágenes solicitadas, esperando que le sirvieran en el proyecto, y lo mismo decía otro fotógrafo, un tal Boiffard; la tercera carta había llegado cuatro días antes directamente al Manoir y era de su exmujer, Simone. Esta le reclamaba que se atreviese a enfadarse por los paseos que ella daba con Max Morise: "...un amigo tan noble, capaz de todos los sacrificios, incapaz de las felonías que sugieres, que son meras suposiciones tuyas; en cambio, ¿cómo podrías objetar que el amorío entre tú y la Musard fue imaginación mía? ¿Cómo te atreves a sostener que tampoco hubo un romance entre tú y Lise Deharme? ¿Crees que no tengo ojos ni amistades que pueden dar fe de ello? Y, sobre todo, ¿crees que no me afectó, que no sufrí al enterarme de tus aventuras?". Y agregaba: "Si insistes en hablar de lo que te sucedió en el Pasaje de la Ópera, deberías buscar un médico de inmediato… ¿Por qué no consultas al doctor Naville? Francamente, temo por tu salud mental; si conservas la misma irritación que tenías el día que nos vimos me preocupa que seas tú mismo y no esa mujer quien atente contra tu vida…".

Alrededor de las nueve, cuando ya perdía esperanzas de hallar algo relevante, abrí los últimos cajones del escritorio. Ahí no había más que un libro de tapa dura: una edición de *En rade*, de Huysmans, muy elegante, que había sido perforada, como si alguien la hubiera golpeado con un objeto afilado. El hueco empezaba en la portada y llegaba hasta la mitad de la edición.

Oí un auto frenar estrepitosamente sobre la grava y me asomé por la ventana. Breton bajaba de un taxi, con un par de paquetes bajo el brazo. Dejé la carta donde se encontraba, salí a toda prisa y cerré la habitación. Para mi desgracia, no encontraba mi llave. Por más que busqué en mis ropas no apareció y entretanto oí que Breton avanzaba por el pasillo. Así que corrí de puntitas hasta la sala intermedia, decorada por completo en azul, tomé una revista que se hallaba en la mesa de centro y me senté en el primer sillón disponible. Breton llegó a su habitación y entró. Un instante después salió y tocó en la mía. Me asomé desde la sala del fondo:

—Estoy acá.

El poeta caminó hacia mí y me clavó la mirada.

—Usted y yo tenemos una plática pendiente. No se levante, pediré al gerente que nos mande dos copas.

—Lo acompaño.

No había nadie en la recepción cuando pasamos junto a la armadura del Perro Negro de Brocelandia. Me pregunté si el gerente o Suzanne estarían jugando con ella, porque me parecía que la armadura había adoptado una postura más cómoda, las piernas más abiertas, el cuerpo a medio girar hacia la entrada: incluso las manos parecían apoyarse con menos rigidez sobre la gran espada.

—Una pieza estupenda, perfectamente conservada, ¿no le parece? —comentó Breton, y hasta entonces percibí su aliento a vino—. El escudo de armas puede apreciarse por completo: el bravo perro negro sobre un fondo blanco. Se diría que fue un guerrero importante, no cualquiera podía pagar una de estas.

Muy en su papel, el gerente salió de una habitación próxima, con una lista en las manos.

—¿Van a querer algo de cenar los caballeros? Porque cerraremos la cocina en unos minutos… Debo ir a la ciudad a recoger los víveres para el fin de semana…

—Mándenos a la sala azul una tabla de quesos, otra de carnes frías y una botella de vino.

—Llegó un jamón cocido de la Mancha, extraordinario, y salchichas blancas de la región. ¿Sidra, pommeau, calvados, poiré…?

—Calvados. Y una botella de agua.

—¿Por qué van a beber agua si pueden beber sidra?

Breton suspiró, resignado:

—Mándela.

La armadura del Perro Negro de Brocelandia relucía con los últimos rayos del sol de la tarde.

—Por aquí.

Volvimos al segundo nivel y nos instalamos en la sala azul. Antes de sentarse, Breton revisó las cortinas, supuse que en busca de ratones, y cuando estuvo satisfecho fue a sentarse en uno de los cuatro sillones mullidos que rodeaban a la mesa de centro.

—Va a llover en cualquier momento —explicó—. La lluvia venía tras mis pasos. ¿Qué le parece mi salón de lectura? —Señaló unos cuantos libros dispersos sobre la mesita de centro.

—¿Suele trabajar aquí?

—Sólo a leer, escribo mejor en el jardín.

El gerente, aún con la camisa arremangada, llegó poco después y depositó sobre la mesa de centro dos gruesas tablas de madera, repletas de quesos y carnes frías de la región.

—¡Trajo para un regimiento! —gruñó Breton—. Solo somos dos personas.

—Pensé que su invitado querría probar lo que hacemos aquí. ¿Usted no bebe sidra, señor Breton, o me equivoco?

—Prefiero lo mío. —Señaló una botella que el gerente había colocado en la mesa junto a él.

Luego de descorchar y servirme un enorme vaso de sidra, de dimensiones medievales, el gerente hizo una reverencia y se fue:

—Que disfruten los señores.

En cuanto se hubo ido, Breton tomó la botella de calvados, se sirvió una generosa ración y brindamos.

—¿Y bien? —inquirió el poeta—. ¿No tiene algo que decirme?

Francamente, sentí el impulso de exigir que confesara el paradero de mi amiga, pero el poeta no era el tipo de persona que revelaría algo si no deseaba hacerlo, no importa cuál fuera el recurso empleado para preguntarle. Respiré hondo e insistí:

—Me gustaría que respondiera a la pregunta que le hice en el bar: ¿qué tipo de seres lo frecuentan últimamente, señor Breton?

Se hizo un silencio largo e incómodo. El poeta hizo girar su copa varias veces mientras me veía con suspicacia, de modo que el alcohol saltaba con

violencia, como si ocurriera allí un pequeño mare-
moto ambarino. Por fin me miró:

—Aunque es usted quien debería hablar primero, le voy a responder con una condición: lo siguiente debe quedar entre nosotros, señor Le Noir.
Debe quedar fuera de la entrevista.

—Cuente conmigo.

Breton sonrió con sarcasmo otra vez. Paladeó el
trago y bajó la vista hasta clavarla en la mesita.

—Uno intenta huir de sí mismo toda la vida,
pero al final descubre que eso es imposible.

Lucía atormentado:

—Vine aquí a pensar. Elegí este lugar por aisla-
do y silencioso. Mi proyecto era permanecer aquí
hasta terminar de explicarme, a través de la poesía,
una serie de sucesos que viví en París. Gallimard
esperaba un nuevo libro de poemas, para el cual
me dio un adelanto, pero no logré escribir un solo
verso. Cada vez que intentaba hacerlo me salía una
especie de prosa meditativa, a medio camino entre el ensayo y la crónica, que aún no sé a dónde
va… No es fácil vivir de la literatura, pero estoy
entre aquellos que no desean más que eso. Y para
mi desgracia, jamás había avanzado tan lento y tan
a oscuras como lo hago ahora. ¿Sabe que Aragon
y su novia, la ricachona, vinieron a verme y ren-
taron una mansión cerca de aquí? Al ver que las
condiciones para escribir son ideales en esta región,

Aragon mencionó que le gustaría imitarme, y su novia de inmediato le consiguió una casa con un par de sirvientes. Mientras yo apenas escribo media página al día y debo salir a buscar mi comida, él dice escribir por lo menos treinta, impulsado por el clima, las atenciones de los sirvientes y la tranquilidad del lugar. ¡Treinta páginas que viene a leerme a diario! Según él, su novela ya tiene mil quinientos folios, y se llamará *La defensa del infinito*. Además, está por terminar otra novela hecha de invectivas contra el mundo literario, el *Tratado del estilo*, y una novela erótica, a partir de las experiencias que ha tenido con su novia. No sé a qué horas avanza tanto, ni cómo lo logra. Él es una catarata y yo un cuentagotas, pero no sé escribir de otro modo. No sé a dónde voy. No sé qué escribo, si es prosa, poesía o un ensayo sobre las coincidencias importantes en la vida. En fin: hace un mes regresé a París sin haber terminado. Mientras estuve allá me reuní con los colegas y sucedió algo impensable. Intentamos un método inusual en una de las sesiones y nos llevamos una sorpresa muy desagradable.

—¿Qué sucedió?

—Durante muchas de nuestras sesiones yo hipnotizaba a Desnos o a Crevel, que son los mejores para eso, y explorábamos a través de ellos el mundo del inconsciente. Los poemas que improvisaba Desnos, ¡vaya maravilla! Las visiones de Crevel, los dibujos de ambos... Durante todo este tiempo, cuando Desnos entraba en trance, decía contactar al espíritu de una mujer muerta, a la que llamaba Rrose Sélavy.

—¿Cómo?

La lluvia, que había empezado como algo muy tenue, ya golpeaba el cristal de las ventanas.

—Así como se oye: "Rose", como en "rosa", "Sélavy", como "Así es la vida" o "Es la vida" en nuestro idioma.

—"Rose es la vida". O "La rosa es la vida".

—O "El amor es la vida", como sugirió Éluard, porque la palabra "Rose", si la reordenas, lleva oculta la palabra "Eros", el dios del amor. Duchamp había inventado un personaje con el mismo nombre, que fue muy famoso entre nosotros, hace casi siete años, como un juego, pero tiempo después, cuando Duchamp dejó de usarlo, el nombre reapareció en las sesiones con Desnos, y reveló ser algo distinto. Se diría que era una mujer. Nos guiaba, nos inspiraba, nos abría puertas. Nos volvimos adictos a esa presencia... porque Rrose Sélavy era una presencia benéfica en las sesiones. Mientras esto ocurría, todos tomaban notas de las frases que llegaban por boca de Desnos, de sus extraordinarios poemas. Queríamos presenciar eso todo el tiempo y ese fue el error. Cada sesión equivalía a transgredir un nuevo límite, y a adentrarse más en lo prohibido.

"Hasta que finalmente ocurrió algo terrible... Quizás yo exigí demasiado a Desnos, quizás fuimos todos, el caso es que la sesión se salió de control. Cuando Robert se hallaba en lo más profundo del sueño, se puso de pie y nos habló con la voz de una mujer furiosa. Preguntó quién la había despertado, quién se atrevió a tanto. Nadie osó contestar. Desnos nos miró uno por uno como si fuera otra persona: una desconocida demencial, asesina. Nadie pudo sostenerle la vista. El único que sonrió al verlo, porque estaba más lejos, fue Ernst. Pero al ver la sonrisa de Ernst, Desnos, que también fue soldado y sabe manejar un arma, tomó un cuchillo y trató de matarlo. Lo persiguió por toda la casa en que nos encontrábamos e incluso salió al jardín a atacarlo. Ernst se defendió con una silla mientras todos intentábamos detenerlo, pero Desnos no escuchaba. Nos costó mucho tiempo y esfuerzo contenerlo. Tuvimos que someterlo entre todos y quitarle el cuchillo: hasta ese momento Robert abrió los ojos, desconcertado, y preguntó qué había sucedido. A partir de entonces, de la noche del cuchillo, como la llamaron los colegas, me negué en definitiva a hipnotizarlo de nuevo. Desnos sufrió como si lo hubiera expulsado del paraíso. No volvió a ser él mismo. Ni yo. A fin de cuentas, si Robert fue la puerta hacia esa presencia asesina, el que abrió la puerta fui yo. A Robert lo usé como medio esa noche, pero desde entonces la presencia asesina me ha buscado a mí.

"Al principio no lo advertí, porque los signos no eran claros o se trataba de huellas muy nuevas, de naturaleza desconocida, que no tenía manera de percibir. Estaba perdido en un bosque de indicios. Acostumbrado a la realidad, no sabía reconocer lo fantástico. Lo maravilloso me hablaba en otro idioma y yo no entendía, hasta que, al fin, poco a poco esas huellas, esos nuevos indicios se volvieron parte de mi vida.

Se refrescó los labios con el trago:

—Primero noté una serie de coincidencias extraordinarias. Hechos y detalles que apuntaban hacia un mismo lugar o hacia una persona. Luego, la inminencia de la magia… hay días en los que, si uno se sienta a esperar, algo pasmoso tendrá lugar frente a sus ojos. Y por supuesto, la presencia nocturna.

"Como al año de mi matrimonio, logré olvidar la presencia que llegó la noche del cuchillo, pero ella no se olvidó de mí. Durante una de las reuniones de trabajo que tuvimos en el Café Certa, por el Pasaje de la Ópera, sentí que la misma presencia terrible intentó deslizarse y entrar a la sesión. Aunque la persona hipnotizada era Crevel, en cuanto este se rio reconocí la misma carcajada que sacudió a Desnos la noche del cuchillo, así que desperté a René y cerré la sesión de inmediato. Creo que todos sintieron el mismo escalofrío, la misma turbación, porque esa noche nadie insistió en prolongar nuestra cena: todos se escabulleron en cuanto pagaron la cuenta. Yo fui uno de los últimos en salir. Me fui de allí a solas y, tan pronto llegué a los arcos, sentí que me seguían. Di media vuelta y la vi...

"Una mujer desnuda que jugaba con una bata de seda. Sé que en París, y sobre todo después de la guerra, nos hemos acostumbrado a todo tipo de excesos. Pero si no es en los cabarets, si no es en las casas instaladas para que se encuentren hombres y mujeres, ni siquiera en París es común ver a una mujer que se pasee por la calle, a esas horas, sola y desnuda, en lo oscuro.

Lo que contaba Breton era difícil de creer.

—¿No sería una mujer de la calle? ¿Una prostituta?

—Eso no era una mujer, ninguna persona viva puede desplazarse así. ¿Ha visto cómo se mueven los tigres? Ella avanzaba de un modo especial, de salto en salto, siempre a punto de arrojarse contra mí. Por fortuna, vi un taxi a lo lejos y corrí a pedir ayuda. El chofer no me quitaba la vista de encima: "Se diría que vio usted a un fantasma, caballero". Y eso fue lo que sucedió.

"No hemos sesionado en el Café Certa desde entonces, y evito cruzar el Pasaje de la Ópera si no es a plena luz del día o acompañado por alguien.

Me volví la habitación en la que suceden las pesadillas. El lugar de la aparición. Por eso decidí mudarme aquí por una temporada, pero la presencia me siguió hasta acá. Sé que se encuentra afuera, en el bosque…

Sentí que se me erizaban los cabellos de la nuca cuando Breton continuó:

—La semana pasada algunos colegas vinieron a verme. Tanguy, Prévert, Duhamel, Aragon, Naville… Ahora que me divorcio de Simone, están preocupados por mí. Creen que voy a matarme. Pero tuvimos una cena cordial, estupenda, en uno de los restaurantes del pueblo, y al final nos regresamos a pie por el bosque. Vimos que estaba a punto de caer una tormenta y, cuando sentimos las primeras gotas, cada quien corrió cuanto pudo. Yo me quedé con Duhamel hasta atrás, porque perdimos de vista el sendero. De pronto escuchamos unos ruidos horribles —Breton se alzó el cuello del saco— y quisimos correr hacia la carretera, pero nos perdimos aún más. Llegamos a un pozo de piedra. Cuando nos detuvimos a recuperar el aliento oí unas ramas quebrarse a unos metros, y de repente, cayó un relámpago. La sangre se me fue a los pies cuando vi lo que se acercaba… Era esa cosa con la apariencia de una mujer desnuda, corriendo en mi dirección, los dedos extendidos como garras.

—¿Cómo dice?

—¿No entiende lo que le digo?

Tomó la botella y se sirvió otro trago.

—¿Está seguro de lo que me cuenta? ¿No pudo ser un error de sus sentidos?

—Eso he deseado... pero Duhamel también la vio. Cuando saltó hacia nosotros yo tardé en reaccionar, y fue Marcel quien me salvó la vida. Si él no hubiera estado conmigo, yo no estaría aquí.

—¿Tiene pruebas?

El poeta se puso de pie trabajosamente y fue a su habitación. Poco después regresó y me arrojó su gabardina. Cuando pude extenderla aprecié que un tajo en diagonal bajaba desde el bolsillo superior izquierdo hacia los botones inferiores.

—Fue un milagro que llevara esto conmigo. —Me mostró el ejemplar de *En rade*, de Huysmans, perforado en el centro por un objeto afilado—. Benditas sean las ediciones de pasta dura. Duhamel me tomó por un brazo y corrimos hasta aquí. Su intervención ahuyentó o distrajo a la cosa. Me salvó.

—Antes de seguir por esa vía habría que buscar una explicación racional. ¿Hay alguien entre sus conocidos que pueda tener motivos para matarlo?

Breton gruñó:

—¡Todos, de un tiempo a la fecha!

Nunca, en mi breve carrera en la Brigada Nocturna, había tenido que investigar un caso así. Había demasiados cabos sueltos.

—Bueno, para investigar esto en serio, lo primero que necesitamos es una descripción lo más precisa posible de esa mujer.

—Me cuesta llamarla mujer… No tenía nada de femenino, ni podría decir que su rostro fuera particularmente expresivo… Tenía una sola expresión: mitad sonrisa, mitad fauces abiertas a punto de morder, como si usara un disfraz. Se diría que está acostumbrada a correr en cuatro patas. A saltar.

—Debe haber una solución lógica —insistí—. ¿Cabe la posibilidad de que haya sido una cliente del hotel?

—De ningún modo. En las dos ocasiones en que me he hospedado aquí, he sido el único cliente. Por lo visto, a nadie le gustan las leyendas que circulan sobre este lugar.

—¿Y la recamarista? ¿Cabe la posibilidad de que su atacante haya sido Suzanne, disfrazada con una máscara y una peluca?

—Imposible. La atacante medía un poco más que yo, digamos un metro ochenta, y la amable Suzanne es más baja: un metro sesenta.

Tenía razón. Pensé en las manos de Suzanne: esos dedos alargados y estrechos, como pequeños fideos. No creí que tuviera la fuerza necesaria para perforar un libro.

—¿No podría ser la esposa de alguno de sus amigos?

—No, ni hablar. A este ser yo jamás lo había visto, exceptuando aquella vez en el Café Certa. Un rostro así… esa expresión es imposible de olvidar. La sonrisa. Los dientes. Los dedos extendidos como garras…

Afuera la lluvia arreciaba.

—Había algo monstruoso en su manera de caminar. Además, los ruidos que hacía… una especie de gruñido, como de animal salvaje…

—¿De qué color era su piel? ¿Su cabello?

—Tez blanca, cabello muy negro.

—¿Qué tan largo?

—Le caía a media espalda.

—¿Joven?

—No podría señalar una edad humana. Esa cosa vivía de acuerdo a su propio tiempo.

Me incorporé del sillón.

—¿Por qué no acude a la policía?

—¿Quién confía en la policía francesa, por favor? Más tardaría yo en entrar que ellos en ver mis antecedentes, declararme loco y ordenar que me encierren. Pero no he estado quieto: de día he hecho mis propias investigaciones. He hablado con todos los médicos de Varengeville e hice averiguaciones en la zona. Hoy por la tarde fui a la clínica psiquiátrica de Dieppe, a fin de averiguar si se había escapado una interna en los últimos meses. Fue inútil: la mayoría de sus pacientes son hombres, y las mujeres, ancianas que ya no pueden moverse. Como puede ver, Le Noir, necesito saber qué pasó o me voy a volver loco.

—¿Me permitiría explorar el lugar en que ocurrió todo?

—¿Cómo dice?

—¿Podríamos visitar el lugar en que lo atacaron? Quizás podamos averiguar qué sucedió aquí la semana pasada.

—No volvería ahí por ningún motivo. Ni de día ni de noche.

—¿Puede indicarme cómo llegar?

Tardó en responder:

—Si baja por el camino que cruza el bosque, a dos o tres kilómetros de aquí encontrará un viejo pozo: siga el sendero que baja hacia el pueblo y continúe hasta ver un claro. Quizás encontrará mi sombrero.

—¿Cómo es su sombrero?

—Redondo. Pequeño.

—De acuerdo, mañana lo intentaré.

—No se arriesgue, prefiero seguir otra vía. Mañana por la tarde vendrán a verme casi todos los miembros del grupo. Entre ellos las mismas personas que me acompañaron la semana pasada. Trataremos de resolver todo esto… ¡Silencio! —Breton alzó una mano de forma perentoria—. ¿Oyó eso?

Lo que oí me heló la sangre.

No era el viento que corría por los pasillos. No era un sonido humano, ni podría serlo. Alguien o, mejor dicho, algo que estaba allá afuera, en el bosque, jadeaba y resoplaba con muchísima fuerza. Como si un enorme sabueso de cacería, de esos capaces de desafiar a un león, se esforzara por entrar al Manoir. Un perro en verdad gigantesco. O algo más grande y peligroso que un perro.

Corrimos a la entrada del hotel.

Por la enorme puerta entreabierta se colaba la lluvia. De ahí hasta el escritorio del gerente, una docena de manchas lodosas se apreciaban sobre el piso. Manchas gruesas al principio, que avanzaban en línea recta hasta la radio recién arreglada, pero antes de llegar se dirigían de nuevo a la puerta, aunque eran menos numerosas y se hallaban más separadas, como si alguien hubiera huido a toda carrera. Breton me tomó por el brazo:

—¡Vea!

Cerca de la armadura había un pequeño rastro de sangre. La punta de la espada, manchada por un líquido espeso, brillaba bajo la luz de las velas.

—¿Qué fue eso? ¿Están bien? —Asomó el gerente.

—No tengo idea. Parecía un perro o un lobo…

—Una especie de aullido…

Luego de confirmar que la caja fuerte estuviera cerrada, se dirigió a la entrada y agitó las manos, movido por la ira:

—¡Ya es suficiente! Mañana daré parte a la policía.

—¿Qué sucede?

—Al parecer hay un vándalo o grupo de vándalos...

Cerré la puerta principal con la gran aldaba y fui hacia él.

—Voy a revisar los alrededores. ¿Puede vigilar al señor Breton? Bebió demasiado y no debería salir del hotel.

Antes de que yo pudiera seguir, el gerente me bloqueó el acceso a la puerta:

—Le ruego que no salga, caballero... el fin de semana pasado mataron a una pareja no lejos de aquí.

—¿Cómo?

—La policía vino a advertirnos que no dejemos salir a nuestros clientes por la noche... Una pareja de italianos pasaba la noche en el bosque, delante de una fogata, cuando alguien los atacó con un instrumento muy filoso... No han encontrado al culpable... Por eso cerramos la puerta principal en cuanto oscurece.

—Gracias por la advertencia. ¿Hay un pozo por aquí?

—Sí, el pozo viejo. Justo por ahí acampó la pareja, al bajar la colina... Pero no le recomiendo salir...

—Andaré con cuidado.

El gerente se encogió de hombros.

—Si usted insiste… Tenga, la va a necesitar.

Me entregó una linterna de mano y abrió la puerta: un chiflido de aire frío se coló en el Manoir.

—Que tenga suerte. Toque muy fuerte al volver. Voy a cerrar con todos los candados que tenemos.

Respiré hondo y fui a explorar. Si algo estaba siguiendo a Breton, sin duda estaba allá afuera.

11

El pozo antiguo

Aunque la luz de la lámpara apenas servía de algo en esa oscuridad, logré evitar las muchas zanjas de la zona. Seguí el sendero que salía del hotel, y cuando ya sudaba por el esfuerzo, llegué al famoso pozo de piedra. La lluvia había borrado cualquier rastro de huella, si es que la hubo. No encontré marcas de sangre, ni objetos personales, y solo cuando estaba por irme encontré un pedazo de tela aplastada, como si la hubieran pisoteado. La hice girar con la punta del pie y comprendí que era el bombín de Breton. Aquí es, me dije, y examiné el entorno, en busca de otros indicios.

El sendero atravesaba un bosque de cipreses: miles de árboles de tronco oscuro y delgado, plantados sin orden alguno, creaban un laberinto inquietante. A ello debíamos sumar que a la mitad del bosque había un sembradío de trigo tan espeso que podría cubrir a una persona sin dificultad. Comprendí que un poeta de temperamento nervioso como Breton hubiera sufrido al perderse justo ahí. Me disponía a volver sobre mis pasos cuando escuché un gruñido.

No se veía un solo ser vivo. Y sin embargo, cuando fijé la mirada en el campo, vi cómo el sembradío se cimbraba y mecía a unos pasos de mí, como si una gran mole, animal o presencia atravesara las filas de plantas hacia donde yo me encontraba y las aplanara con su volumen.

Regresé al hotel a toda prisa, pero a medida que me alejaba del pozo, sentí que la presencia enorme avanzaba tras de mí. Llevaba conmigo el revólver, pero ni siquiera se me ocurrió sacarlo, seguro de que sería inútil para defenderme.

En cambio, toqué el talismán que me heredó mi abuela. No distinguí nada que no fuera el sembradío o los cipreses. Maldije a los seguidores de Paulo de Tarso y seguí caminando. La luna asomó tras las nubes y volví a escuchar el gruñido atroz. Entonces, completamente por instinto, saqué el talismán y miré a través de él. Casi me caigo de la impresión.

Un perro lanudo, casi tan grande como un caballo, trotaba hacia mí. Me pareció que su pelambre resplandecía, como si estuviera hecho de esos fuegos fatuos que se aprecian en los cementerios. Y no paraba de gruñir.

Cuando lo tuve a un par de pasos noté que de su collar colgaba un enorme letrero con lo que podría ser su nombre:

—¿*Horla*? —Y el perro alzó las orejas—. ¿Horla? —volví a preguntar.

Para mi sorpresa, el perro se acercó hasta donde yo me encontraba y me olfateó con enorme curiosidad. Entonces movió la cola y trató de pararse en dos patas para saludarme.

—¡Quieto! —grité en defensa propia— ¡Quédate ahí!

El perro se sentó sin dejar de mover la cola y soltó un ladrido imponente. Tardé en comprender que era amistoso. Tuve una idea: saqué el bocadillo que Sophie me había dado por la mañana y se lo ofrecí. El Horla lo olfateó, movió la cola y lo engulló de dos movimientos.

—Horla, ve a descansar.

Se diría que solo estaba esperando esas palabras, porque corrió en círculos alrededor de mí, mientras lo hacía, su figura se volvió borrosa, y justo cuando el viento agitó el sembradío, desapareció.

No lo podía creer: era el famoso Horla que asustaba a campesinos y viajeros solitarios en esa parte del país, según leyendas y reportes. El mismo que registraba el cuento de Maupassant.

Nada en la Brigada me había preparado para ese tipo de apariciones, así que me alejé discretamente y seguí caminando hasta que me tropecé y caí sobre el pastizal. Fue así que los encontré.

Alguien gritó: "¡¿Qué fue eso?!", y otros chistaron. La lámpara se había apagado por completo.

A unos cuantos metros, en el extremo opuesto del sembradío, tres personas examinaban algo tirado entre las plantas. Con la escasa luz de la luna distinguí a tres individuos que ya había visto antes. El más viejo portaba una escopeta de cañones muy gruesos. Este paseó la mirada por el bosque y me descubrió. Me pareció que alertaba a sus acompañantes, porque estos alzaron la vista, musitaron algo y vinieron hacia mí por dos direcciones opuestas, como si pretendieran rodearme. Comprendí que me había convertido en un sospechoso, así que me hice visible y caminé directamente hacia ellos.

—¡Policía! ¿Quién está ahí?

El más flaco gruñó:

—¡Carajo! Es el muchacho, Le Noir.

El otro se me acercó con expresión irritada:

—¿Qué estás haciendo aquí, haragán? ¿No fuimos claros contigo?

El empujón del Ladrillo me tiró de espaldas nuevamente. Antes de que pudiera ponerme de pie, me dio un puntapié.

—Te dije que no te acercaras.

Me levanté de un salto. Estuvimos uno frente al otro, midiéndonos tanto como lo permitía la falta de luz. Decidido a darme una lección, el Ladrillo parecía calcular dónde asestar el próximo golpe; yo me movía rápido y sin intención de acercarme. Pero el colega tenía brazos muy largos.

Cuando la luna se ocultó tras una nube, me lanzó un puñetazo: apenas conseguí saltar hacia atrás. Furioso por haber fallado, lo intentó de nuevo, pero logré agacharme y por un instante creí haber conjurado el peligro: mientras mi colega recobraba la vertical, su brazo volvió sobre sí mismo y bastó ese impulso inocuo en mis costillas para que me lanzara al suelo a dos metros de allí. El golpe a mitad de la espalda me pareció insoportable, a tal grado que me impedía respirar.

Cuando pude ver claramente de nuevo, vi que el talismán de mi abuela estaba a punto de zafarse de mi cadena y lo atrapé cuando ya caía al suelo. En ese instante el Ladrillo se inclinó sobre mí y se tronó los dedos.

—Te dije que te alejaras. Ahora vas a regresar en una bolsa de plástico.

No lo pensé: simplemente cerré el puño con el talismán adentro, brinqué y le pegué tan fuerte como pude en las costillas. Casi diría que el talismán me arrastró. Él se dobló y cayó de rodillas. Lo oí quejarse en voz baja.

Porque bajó la guardia volví a tomar impulso y le pegué en el rostro descubierto. Se oyó un chasquido seco y el Ladrillo cayó en el pastizal. Sentí el impulso de alzar ambas manos y volver a pegarle, pero sentí que alguien me clavaba la punta de un metal en la espalda:

—¡Quieto!

El agente Jules sabía cómo acercarse en silencio. En cambio el comisario local hizo crujir muchas ramas al desplazarse:

—¡Túmbalo, túmbalo! ¡Pégale antes de que se escape! —Y alzó su escopeta hacia mí.

—¡Es un colega!

—¿Y lo reciben a golpes? —El comisario nos veía boquiabierto—. ¿Así se tratan los agentes en la capital?

Jules me desarmó en un santiamén:

—¿Qué haces aquí?

—Investigo una denuncia.

—Nosotros también. Ha habido un asesinato —Señaló el bulto que estaba a dos pasos: lo habían cubierto con una sábana blanca—. Me gustaría que explicaras por qué te encuentras aquí, a esta hora precisa.

Ya había visto antes a los de homicidios en acción y sabía que no me dejarían ir si no daba una versión convincente, así que me expliqué sin comprometer la investigación:

—Vine aquí a realizar labores de vigilancia. Estaba interrogando a un testigo cuando un sospechoso trató de irrumpir en nuestra ubicación y seguí su pista hasta aquí.

—¿Cómo se llama tu sospechoso?

—Eso es confidencial.

Jules alzó la mirada y revisó los alrededores.

—Hemos estado aquí desde que oscureció y no ha pasado nadie desde entonces. ¿Qué tipo de sospechoso es el tuyo? ¿Uno invisible?

—Vas a morir, y tu muerte será lenta y dolorosa. —Desde el suelo, el Ladrillo me miraba con rencor.

—¡Dios mío! ¡Si empiezan de nuevo me quejaré con sus superiores! —El comisario local arrojó su gorra al suelo—. ¡Qué imagen dan de la policía!

La comandancia local era tan pequeña y estrecha como una peluquería. Tres escritorios en la parte delantera, un par de sillones al frente, dos archiveros. Un pizarrón en el que sobresalía un cartel con el rostro de dos personas desaparecidas; un calendario que indicaba claramente las vacaciones de todo el equipo. Al fondo se abrían dos calabozos, uno a cada lado, todos vacíos, con camastros para dos personas. Y al final, una especie de cocina y armario, con una amplia mesa central. Fue allí que Jules y el Ladrillo depositaron el saco con el cadáver. A juzgar por las manchas que dejó, no hacía mucho tiempo que habían desgarrado su cuerpo con instrumentos muy afilados. Algunas gotas de sangre se escurrieron hasta el suelo.

—¿No tienen un mejor sitio dónde ponerlo?

El comisario gruñó:

—Nadie contesta a estas horas en Dieppe, y la ambulancia vendrá hasta que amanezca. De aquí a entonces, a contener el aliento.

—No debieron alzarlo del lugar del crimen.

—¿Y permitir que la lluvia se lleve las últimas pistas? No gracias, practico esta profesión antes de que tú nacieras. Y ven, ven por acá. Tienes mucho que explicar, muchacho.

Las investigaciones de los peritos siempre son lentas y predecibles, pero son aún peores si suceden en la provincia. Conscientes de esto, mientras el viejo me interrogaba, mis colegas salieron a platicar a la calle. Desde la oficina del comisario podíamos ver cómo sacaban los cigarros y encendían a las luciérnagas de nicotina.

Un letrero sobre el escritorio indicaba que el comisario de Varengeville se llamaba Charles Chevalier. Por fortuna aceptó llamar a nuestras oficinas y localizó al jefe McGrau. No me extrañó que estuviera despierto a esas horas. Luego de hablar un instante con él, asintió y me pasó la llamada.

—Te pedí discreción —gruñó el jefe—. ¿Vas a ir a presentarte con cada elemento de la policía local?

—No pude evitarlo, patrón. Acechaban el mismo sitio que yo.

—¿Tienes avances?

Le conté de los gruñidos en los alrededores del hotel y de mi encuentro con el Horla. El jefe asintió:

—Del Horla no te preocupes. Si lo llamas por su nombre, no tienes nada que temer. En cambio, quien haya matado a esa persona y acechado el hotel es una entidad peligrosa. Toma tus precauciones.

—No se preocupe, patrón.

—Otra cosa: no olvides revisar el cadáver que hallaron. Averigua si alguien pensaba darse un banquete con él.

—Apenas pude ver el cuerpo, pero lo sabré en unos minutos. Apostaría a que el agresor fue uno de Los Jabalíes. Sospecho que mis colegas llegaron de improviso y evitaron que este individuo acabara con los restos.

—¿Tienes la 38 a mano?

—Por supuesto. —Mentí, pues me la habían decomisado—. Y, jefe, tengo un problema… Están por llegar otros poetas… No sé si mi coartada se sostendrá por más tiempo.

—Si uno de Los Jabalíes está en tus rumbos, Le Noir, esa debería ser tu única precaución. Anda con cuidado; mandaré refuerzos, pero tardarán en llegar. Pásame al comisario.

El jefe Chevalier, que por lo visto aguzaba el oído, tomó el auricular y asintió varias veces antes de decir:

—Lo tendré en cuenta. Saludos a la Brigada.

Colgó y me miró con algo de respeto:

—¿Quiere ver los restos?

—Se lo agradezco.

—El reporte lo tendremos hasta mañana. Un médico viene de Dieppe a hacer las autopsias y es lento como una tortuga. Para cuando vea lo que queda de este hombre, todo se habrá enfriado, pero estaba caliente cuando lo encontramos.

—Dígame una cosa: ¿la persona que trajeron en el saco fue destripada y dividida en siete partes?

El comisario me miró con sorpresa.

—¿Cómo lo sabe?

—Lo mismo ha ocurrido en París.

—¡Un loco! —silbó el comisario—. Un parisino loco, que anda de vacaciones en Varengeville…

—Esa parece ser la situación.

El viejo se jaló los bigotes.

—¿No le parece terrible cómo cada año surgen nuevas especies de criminales? Lo peor, creo yo, son este tipo de dementes, tan difíciles de detectar y tan rápidos para escabullirse. Pueden cometer los actos más atroces sin que nadie repare en ellos, y si un día deciden cambiar de aficiones no hay alma humana que los detecte, porque saben ocultar sus huellas.

—¿Cómo sabe tanto de esto?

—Diez años de servicio en París… hasta que me cansé. Veo que nada ha mejorado; no será raro que en el futuro haya toda una sección de la policía especializada en atrapar a esos cretinos.

—Esperemos no llegar a ese punto.

—Eso decíamos de la Gran Guerra, y vea lo que sucedió. Pase, venga por aquí.

Me llevó a la improvisada morgue de las oficinas, abrió el saco y desplegó el macabro contenido sobre unas hojas de papel periódico dispuestas sobre la mesa, a fin de que yo echara un vistazo.

—Brazos, piernas, cabeza y dos partes del tronco: todo cercenado de cuajo.

—Faltan las tripas.

—Parece que se las arrancaron ahí mismo… lo que no sabemos es qué hicieron con ellas. Ni siquiera un perro salvaje dejaría a alguien así. No tiene sentido.

Jules asomó por el umbral:

—Se llamaba Arno Trevor y debíamos localizarlo vivo. Era contrabandista de armas; había una orden de aprehensión en su contra. Dos testigos lo vieron tirar al mar a por lo menos tres de sus empleados muertos. Por lo visto hoy le cobraron todas juntas.

En ese momento entró el Ladrillo.

—Nosotros lo hallamos primero.

Me miró y fue a sentarse en una de las sillas disponibles, del otro lado de la mesa. Apoyaba un pañuelo contra su nariz, que aún sangraba.

—Ey, ¿qué lleva ahí? —El Ladrillo señaló el bombín de Breton, que yo había doblado y guardado en uno de los bolsillos laterales de mi saco.

—Es mío, lo perdí ayer en el bosque.

No quise que mis colegas mezclaran al poeta en otro expediente. Ya tenía de sobra con los suyos.

—¿Me regresaría mi arma, comisario?

El viejo hizo una señal a Jules y este me acompañó a la salida. Un instante antes de cruzar la puerta, me devolvió mi 38. No podía darme el lujo de perder un arma en cada misión.

—Tuviste mucha suerte con mi colega, pero fue un golpe de suerte.

—Fueron dos golpes, por lo menos.

—Yo en tu lugar tendría mucho cuidado, Le Noir: el Ladrillo no está nada contento contigo. A partir de ahora, cuídate.

—No te preocupes, Jules —le di dos palmadas en la espalda—, la próxima vez trataré de pegarle con menos fuerza.

Y caminé hacia la calle. Las luces de un auto se encendieron al otro lado de la plaza, justo frente a la carnicería. El chofer no tardó en llegar hasta mí.

—¿Quiere que lo lleve, señor periodista… o policía?

A esa hora, el pueblo relucía de belleza. La luz de la luna volvía de plata cada árbol y casa que tocaba.

Llegué al hotel a las cinco de la mañana. Tuve que aporrear la puerta principal para que abrieran.

El gerente me reconoció de inmediato.

—¿Encontró algo? —se talló los ojos.

—Me topé con la policía, justo cuando hallaban otro cadáver. Me llevaron a la comisaría para interrogarme.

—¡Otro cadáver! ¡Dios mío! ¿Qué está pasando aquí?

—Tengo que hacerle una pregunta de nuevo: además del señor Breton, ¿me da su palabra de que no hay nadie más hospedado en el hotel?

—Eso quisiéramos, esta ha sido la peor temporada desde que reabrió el Manoir. Esperamos que la cosa mejore mañana.

—¿Y los empleados son sólo ustedes dos? ¿No hay otras personas de servicio?

—Suzanne y yo somos todo el personal.

—Entonces sólo hay cuatro personas, contándolo a usted, al poeta, a Suzanne y a mí.

—Así es.

—¿Y el fin de semana pasado?

—Ah, eso fue distinto. —Consultó el libro—. Estuvieron aquí los señores Duhamel, Tanguy, Masson, Péret, Prévert. Se hospedaron en dos recámaras del segundo piso, 21 y 23, al final del pasillo, como usted y el señor Breton.

—¿No venía con ellos una mujer muy hermosa, de ojos verdes y cabellera negra y rizada?

—No, solo ellos, y fue suficiente. ¡Vaya que les gusta la fiesta a esos señores! ¡Cómo bebieron!

Ya iba a subir cuando recordé algo crucial:

—Perdí mi llave al salir, ¿puede darme otra copia?

Abrió un cajón y extrajo otra llave, pero ya no era una obra de arte tan vistosa como la que me dio al llegar: era tan solo una copia sencilla, como las que puede hacer cualquier cerrajero.

—Es una pena que haya perdido la original… Le ruego que tenga más cuidado con esta: no tenemos tantas copias.

En lugar de dormir en mi habitación, fui a instalarme en la sala azul. Las viandas y las botellas aún se encontraban allí. Envolví una de las copas en mi periódico y la rompí delicadamente con la cacha de la pistola. Esparcí los cristales sobre los últimos tres escalones al comienzo del pasillo y me dije que eso sería suficiente para escuchar si alguien subía, fuera persona, vándalo, jabalí o mujer desnuda.

Me senté en un sillón que permitía vigilar el pasillo, puse el revólver al alcance de la mano, entre los cojines, y apagué la luz. No contaba con las tinieblas, la oscuridad total que sólo es posible en el campo, en el interior de un castillo con las cortinas cerradas.

Me levanté varias veces, sobresaltado; por más que encendía la lámpara no encontraba la razón de mi inquietud. Por un instante, me pareció que una de las cortinas se agitaba y se calmaba, se agitaba y se calmaba otra vez. Pensé que serían los ratones, pero los quesos y las carnes seguían tal cual los dejamos. En algún momento de la noche cerré los ojos y, aunque seguía consciente de dónde me hallaba, fui incapaz de abrirlos de nuevo. El cansancio y las dos copas de sidra hicieron su trabajo.

Entonces escuché que alguien subía las remotas escaleras. El piso crujía con su peso, cada vez que se movía por el pasillo. A ratos más que avanzar parecía que arrastraba un mueble pesado, hasta que logró adquirir un ritmo regular. Despiértate, me dije, estás en peligro. Pero no había manera de abrir los ojos: por el contrario, sentí que me deslizaba por un tobogán hacia la parte más oscura del sueño y caía y seguía cayendo sin poder detenerme. De pronto el ruido de los pasos cesó y comprendí que alguien estaba junto a mí. Giré muy despacio, aunque ya sabía qué iba a encontrar. Cuando terminaba de dar media vuelta, la armadura del Perro Negro se hallaba en el umbral de la sala. La miré con horror por un segundo hasta que esta caminó a toda prisa hacia mí.

12

Encuentro nocturno

Siga recostado. No se levante por mí. Se preguntará: ¿de dónde vino, cómo llegó aquí? Pues bien, usted recibe el honor de mi presencia: puede aceptarla o ponerse de pie y huir de un salto. Yo no le recomendaría lo segundo.

Yo, señor, soy Bertrand du Guesclin: favorito de los torneos normandos, soldado a las órdenes del rey y fiel vasallo de Cristo. Mi elevada talla y mi musculatura, pero sobre todo mi agilidad y mi gusto por el combate hicieron de mí el mejor soldado de esta región desde muy joven. Por eso, a lo largo de mi primera existencia me llamaron de muchos modos: el León Normando, la Tormenta de Dieppe, el Azote de los Invasores, pero ninguna me place tanto como aquella que pasó a la posteridad: el Perro Negro de Brocelandia. Es por eso por lo que llevo grabada la brava figura de un can en mi escudo.

Ah, veo que tiene quesos aquí… Aunque poco la uso, mi nariz no me engañó. Los olí desde mi posición a la entrada del Manoir. Podría apostar que eso es un camembert, y que eso otro es un roquefort; huele a licor de peras también. Y como no me he movido de ahí en los últimos tiempos, decidí investigar. Y no me equivoqué: sólo el auténtico camembert se funde como mantequilla al contacto con el aire; y únicamente el gran roquefort adquiere esa consistencia esponjosa. ¿Le molesta si pruebo un poco? No puedo recordar la última vez que comí. Ese camembert normando es la joya de la corona, una delicia cuando se unta en el pan campirano adecuado. Y vaya, tiene usted sidra y calvados, lo que mejor va con esto, ni hablar. Con su permiso, me serviré en esta copa.

Cuando uno es tan alto como yo, tiene hambre y sed todo el tiempo. Lo supo mi madre, desde que chupaba sus pechos, y lo supo mi padre, viejo guerrero, pues más tardaba él en traer la comida a la mesa que yo en terminarla. No ha sido fácil tener mi estatura. Hay dones que llevan consigo una pena, y mi estatura fue así. Cuando tenía cinco años parecía de ocho; a los ocho parecía de doce, y a los doce ya era el hombre más alto de la región. Todos me pegaban para demostrar su fuerza; desde que era chico, los más violentos de entre mis mayores no descansaban hasta verme tirado en el suelo y, con eso, sentir que eran más fuertes que yo. Por eso mi padre, pensando que era yo más lento que el resto del mundo, me crio en su casa, encerrado, lejos de todos. Aunque él también fue guerrero, y de los notables, quiso alejarme de las armas, temeroso de mi vida... Voy a probar el andouille, si no le molesta.

Pero crecí, señor, vaya que crecí. A los doce podía cargar una carroza para cambiarle una llanta o alzar a una vaca si era necesario. Cuando cumplí quince me harté de tanto encierro y salí a la calle, a escondidas de mi padre. Muy pronto me topé con aquellos que me molestaron durante mi infancia y cuando el primero se acercó con un garrote, dispuesto a pegarme para divertirse, le arrebaté el arma y le di un puñetazo tan fuerte que le tumbé los dientes; al segundo que se acercó le di una patada que lo alzó dos metros: cuando se levantó le salía sangre de las orejas y no podía caminar. Mi padre corrió a detenerme, pero a partir de ese día nadie volvió a meterse conmigo... y despertó mi gusto por la aventura. ¿Me pasaría ese pan campesino? Cada año los hacen más chicos, en mi modesta opinión...

Para aprovechar mi fuerza, mi madre me enviaba todos los días a cortar leña al bosque; pronto todos los vecinos llegaron a pedir idéntico favor. La labor me gustaba y, para abreviar tiempo, solía partir los troncos de un golpe luego de lanzarlos al aire: solo por diversión. Un día, un soldado que se detuvo a beber agua en el pozo contiguo presenció cómo acabé con dos troncos en cuestión de un instante: "Niño", comentó, "con una espada en la mano serías imbatible". Yo nunca había empuñado una espada real, ni siquiera una de madera, pues mi padre se encargaba de mantenerme a distancia de ellas. El soldado me indicó que cortara la rama de un árbol con su espada. "Ten cuidado con el rebote", advirtió, "todas las armas rebotan contra el usuario: es lo primero que debes aprender". Tomé el metal con ambas manos y comprobé que, a pesar de su volumen, era más ligero que el hacha de mi padre, pero mucho más afilado. Lo alcé sobre mis hombros y, para sorpresa del soldado, de un golpe convertí un tronco enorme en dos pedazos de leña. "¿Cuántos años tienes?", me preguntó. Cuando dije que quince, el soldado resopló con admiración, guardó la espada y me dio un consejo: "Si sabes lo que te conviene, consigue una buena armadura, un buen maestro y dedícate a las armas". "¿Puedo saber su nombre?", le pregunté. "Me llaman McGrau, soy un vigilante". Que tenga suerte, le dije: "Por la gloria del rey". Él me dedicó una sonrisa: "Deja que el rey se rasque con sus propias uñas", replicó, "si uno va a pelear en este mundo, que sea para defender a los seres que ama". El soldado se subió al caballo y retomó su camino, pero el nombre nunca lo olvidé. Gracias a sus consejos, ese día comenzó mi afición por pelear.

Me dio por escapar durante la noche, cuando mi padre dormía; me salía a buscar a aquellos que me molestaban de niño y ajusté todas las cuentas pendientes. Muy pronto la mitad del pueblo se vació, pues muchos se mudaron a pueblos remotos o ciudades distantes para evitar mi presencia; más tardaban los bravucones en llamar a sus parientes para atacarme que yo en acabar con toda la parentela. Cuando se acabaron los bravucones me dio por entrar a las tabernas o a las reuniones de soldados y desafiar al primero que me insultara; muy pronto logré agarrar a dos contrincantes en cada brazo y azotar sus cabezas, o enfrentar a una multitud y salir victorioso. Entonces desarrollé lo que se volvió mi toque más personal y delicado, el detalle elegante que todo guerrero debe tener: el cabezazo limpio y de frente. Es la manera más pronta que tengo de enviar a alguien a descansar… Para siempre, de ser necesario… ¿Eso es un neufchâtel? ¿Y aquello un pont l'évêque? Espero que no le moleste, pero pienso hacerles los honores, solo para recordar viejos tiempos.

De eso a convertirme en soldado a las órdenes del rey, fue un paso natural. Oiga, ¡este queso es una delicia! Vea cómo se recuesta y resbala generosamente sobre el pan; hay que tener mucha suerte para conseguir quesos como estos. Cada año, en el mes de agosto, mi padre asistía a un torneo regional, en el cual peleaban los mejores; el rey iba a presenciar las últimas justas. Yo desoí la orden paterna de quedarme en casa y fui a inscribirme en el mismo torneo, aunque para ello tuve que caminar hasta la capital de la región, disfrazado con restos de armaduras antiguas que había recuperado al final de mis peleas.

Cuando el rey me vio llegar al torneo, se le cayó la quijada y se inclinó para verme mejor. Porque no dije una sola palabra mientras me registraba, se corrió el rumor de que era yo un tonto, un pobre inútil que no sabía defenderse, y que mi estatura era lo único que tenía a mi favor. Yo estaba asustado al ver a tantas personas, y tenía miedo de resbalar en esas tierras pantanosas bajo el peso de la armadura. Al verme tan silencioso, el inspector del torneo se preguntó seriamente si debería dejarme combatir, pero lo hizo cuando vio que podía defenderme. Más tardó su ayudante en alzar su espada para ver mi reacción que yo en arrebatarla y derribarlo de un golpe. Se dispersó el rumor de que quizás no era muy listo... páseme la sidra, mejor la botella... pues pudiendo atacar con la espada lo hacía con las manos, y mis rivales, que eran soldados y aristócratas respetables... un poco de pan, por favor... compitieron por el derecho a derribarme. Yo me decía: puedo con este, puedo con aquel, mi padre estará orgulloso, es por la gloria del rey y de los seres que amo. En cuanto sonó el instrumento de viento y vi al primer contrincante venir, el instinto me dijo cómo debía inclinarme para esquivar su estocada y, en cambio, asestarle el golpe final. Ser más alto no implica ser el más lento, así que, en cuanto me vieron moverme, la multitud soltó un grito de asombro, un grito que he escuchado muchas veces en mi vida. Creo que esta sidra se acabó, ¿me pasarías la otra botella? Dijeron que fue como ver a una estatua que decide moverse de repente y con mucha agilidad.

No hubo arma ni rival que pudiera conmigo; uno por uno vencí a todos los contendientes. Pronto se corrió la voz de que era el más fuerte y el más veloz de los mortales, y algunos aristócratas se reportaron enfermos en el último minuto para no pelear contra mí. En la batalla final sentí que las rodillas me temblaban cuando comprendí que el último rival era mi padre. ¿No es siempre el padre el último rival de la infancia? Pero una batalla es una batalla, y también lo bajé de su caballo, aunque lo hice con el respeto que uno debe mostrar a sus ancestros, y de la manera más gentil que pude: solo le rompí seis costillas… Cuando consiguió levantarse, mi padre gritó, entre resoplidos: "¡¿Quién eres tú, gigante, que has acabado con todos? ¿De qué país has llegado?!". Porque la armadura me hacía más alto aún, y porque mi aspecto era amenazante, se corrió el rumor de que había fabricado mi coraza con las piezas de los guerreros que había matado; unos decían que era un monstruo que llegó de Inglaterra; otros, del mismísimo infierno. En ese instante me quité el casco y fue la locura. La gente de mi aldea, que estaba presente, me reconoció y no paró de gritar de júbilo; vaya, hasta algunos de los que me pegaban de niño se pusieron de pie y gritaron: "¡Ese me tumbó a mí primero!". El rey me hizo ir frente a él y me llamó por mi nombre: "Bertrand du Guesclin", dijo, "dicen que eres rebelde y bravucón, que has golpeado a todos en tu aldea". Agregó: "¿Aceptas servir a tu rey e incluso combatir en otras luchas, de las que no todos regresan con vida, de ser necesario?". Mi padre me miraba y contenía el aliento, todo el mundo guardaba silencio, yo me arrodillé ante el rey y prometí que estaría a su servicio y el de mis seres queridos. La gente soltó una ovación. Fue un momento muy alto, tan alto como este calvados, que va muy bien para contar lo que sigue.

A un lado del rey había dos ojos azules como un cielo sin nubes sobre una sonrisa que llamó mi atención: la doncella más dulce que pueda uno imaginar. Mucho me costó cobrar el valor para averiguar más tarde que se llamaba Loreley y era la protegida del rey. Aunque mi padre y la gente se esforzaban en festejarme, yo solo tenía ojos para ella y suspiraba por estar en su cercanía.

Durante cinco años mi vida fluyó y fluyó como un río. Serví en la armada, defendí al rey, incliné la balanza en grandes batallas. Cuando todo estaba perdido o los soldados se hallaban cansados, el gran mariscal me dejaba salir y yo me lanzaba al centro del combate. Desarmé guerreros, hice prisioneros, rompí catapultas, defendí al caído. Yo clavaba a los enemigos del rey con mi espada como lo pienso hacer con estos panes y esas piezas de jamón: a veces de dos en dos, a veces de tres en tres.

Solo una persona me odió desde el primer momento en que nos vimos, y fue Gunderico, mal llamado el Santo, obispo de Rouen. Era Gunderico aficionado a los torneos y se encontraba ahí cuando tuvo lugar mi primera gran justa; quiso la fortuna que al ver cómo tumbaba a su soldado favorito, su protegido y, según dicen las malas lenguas, algo más, el obispo comentara: "¡Este hombre es enviado del demonio!". A partir de allí, el obispo me odió por el resto de mi vida. Algunos ven una torre y no descansan hasta verla caer.

Entre un combate y otro, y dado que mi presencia no podía pasar inadvertida, me las ingeniaba para enviar mensajeros juiciosos a mi dulce Loreley. A través de estos explicaba mis sentimientos hacia ella y mi deseo de ponerme a sus pies. Un día por fin ella me envió una carta, que debieron leerme, pues yo era hombre de armas y no de letras. Pensé que iba a caerme de la emoción, y más aún cuando ella me dijo que mucho le agradaría escucharme en persona, pero que su tío más terrible jamás nos permitiría acercarnos: su tío era Gunderico, el mal obispo, que me odiaba. Fui a buscarla a la mañana siguiente, solo para descubrir que, aprovechando sus contactos, su tío la había enviado a un convento en la zona ocupada por los invasores ingleses. Páseme el licor de manzana y el de peras también: van a ser necesarios.

Ese mismo día me enteré de que los ingleses tomaron presos a Loreley y a su comitiva, y los tenían en un castillo, propiedad del obispo malvado. Tomé mis armas, subí a mi carroza y fui a rescatarla. No podría decir con cuántos ingleses acabé en el camino, tan solo que el ruido de sus huesos al quebrarse llegó a fastidiarme. Di con el castillo... salud... acabé con las tropas... salud... y traté de regresar con Loreley a la seguridad del territorio francés... qué bueno está este vino... pero su aya me dijo que sería mejor quedarse en ese castillo hasta recibir ayuda, pues si yo tenía una armadura que me protegía de las flechas, nada nos aseguraba que Loreley podría regresar sin heridas. Mucho agradecí a la anciana su prudente consejo y, luego de reforzar las murallas, me quedé con ambas en ese lugar.

Pronto se corrió la voz de que me habían atrapado los ingleses, pero no estaba yo interesado en sacarlos de su error. Me dediqué a beberme el vino y a comer las vituallas del obispo. Una vez al día, por las mañanas, salía por una puerta secreta y disminuía el número de enemigos en la zona. Cuando llegaba a cincuenta me decía que había sido suficiente; entonces corría de regreso, tomaba un baño en la tina del obispo y pasaba la tarde con la dulce Loreley: yo la miraba a los ojos, ella cantaba y tocaba el laúd para mí. El enemigo se cansaba de gritar, insultar y tirar flechas para provocarme, pero yo solo salía cuando quería estirar los brazos. Estaba seguro de que mi propio ejército vendría a acabar con los atacantes, pero por lo visto el rey tenía cosas más urgentes.

Una mañana se oyeron trompetas y dos heraldos del enemigo, bastante temblorosos, vinieron hasta la puerta del castillo, donde leyeron un documento: "Señor Bertrand du Guesclin, su majestad, el rey de Inglaterra, le permite salir de aquí e ir a reunirse con los suyos. El rey de Francia ha pagado su rescate, pues no desea que le ocurra ningún mal, y le ordena encomendar a milady a los cuidados de su tío". El desalmado obispo se encontraba allí y no había manera de burlarlo esta vez. Si yo me reía de los deseos del rey de Inglaterra, no podía hacer lo mismo con el rey de Francia. Luego de examinar el asunto por todos los flancos, y en vista de que no podía ignorar a mi soberano, al gran monarca, tuve que entregar a la dulce Loreley en manos de Gunderico. Me despedí de ella con un gran dolor de ambos. Mucho lloró la dulce Loreley. Me suplicó que no saliera del castillo, convencida de que buscarían traicionarme; me instó a que me quedara con ella: "¿O es que mi presencia no es suficiente para ti?", me decía, y suplicó que pensara en cuánto le afectaría mi ausencia. Pero no podíamos desobedecer a dos reyes. Fue entonces que me incliné ante ella y le pregunté si me aceptaba por esposo. Si me aceptaba, juré, volvería por ella cuanto antes. Como se estila, ella estiró una mano. Yo me incliné, puse una rodilla contra el suelo y besé la punta de sus dedos: en eso consiste la ceremonia, porque para mí fue una ceremonia: el *consolament* que se da a los guerreros.

El rey me llamó para regañarme: pasé demasiado tiempo en la torre cuando él me necesitaba en el campo de batalla. En represalia, me ordenó vigilar las costas de Francia, junto a los acantilados, hasta que él indicara lo contrario. Acepté de buena gana, pero le imploré que me permitiera casarme con mi amada. Eso no será posible, indicó el rey, se ha ido a Inglaterra con su tío, apoyado por el rey británico. No hubo poder humano ni real que me permitiera hallar a mi amada.

Siete años más cumplí las órdenes del rey. Durante ese lapso no me moví de mi puesto en este lugar y, dado que el rey no ha revocado la orden, aún después de muerto he seguido aquí. No se asuste, sírvame el último trago, por favor. Supe, transido de dolor, que mi dulce Loreley rechazó cuanto pretendiente le presentó su tío, aquel canalla, y que languideció en un convento hasta que su corazón, lejos del mío, se negó a latir. Desde que supe eso, me disculpará, yo también cargo este dolor.

Estará de acuerdo conmigo en que son extrañas las penas de amor. Y que se hacen visibles. Por eso supe, en cuanto lo vi entrar al castillo, que usted portaba una herida en el corazón, similar a la mía: la herida más dolorosa y certera que alguien puede recibir. Usted busca a su amada, la maga. Y por eso vine a conversar con usted, a decirle que desde el otro mundo lo entiendo. Esa historia que usted está viviendo, señor, que viene de lejos, pronto va a terminar. Pero antes debo celebrar su buen gusto en quesos y licores.

Cuando hube de ofrecer mi último suspiro, recostado en mi cama y sin haber sufrido jamás herida alguna de mis rivales, un ángel vino a verme y me dijo: "Puedes recibir el descanso eterno ahora, fiel Bertrand, o puedes quedarte un tiempo en la Tierra. El alma de tu amada Loreley también te busca y desea dejar la isla y venir hasta aquí. Si permaneces en la Tierra el tiempo suficiente, algún día podrás encontrarla". "No tengo que pensarlo un segundo", le dije al ángel, "esperaré aquí hasta el fin de los tiempos". ¿Está seguro de que no hay más licor de peras? ¿Ni siquiera de manzana? Bueno, páseme esa botella de cognac. "Lo único que pido", le dije, "es que me permita vivir en esta armadura hasta que yo encuentre a mi amada, para que ella pueda reconocerme tal como me vio la primera vez". Y aquí estoy, desde entonces, en el último castillo, porque para mí el Manoir es un castillo, en la última región de Francia, casi sobre el acantilado, mirando a Inglaterra. Sé que por aquí regresará. Además, ¿en qué otra parte del mundo puede uno conseguir estos quesos, esta sidra y este licor de manzana?

No se levante, soy yo el que debe retirarse de aquí: así lo marcan leyes más antiguas que nosotros: leyes que se inventaron antes que el primer libro se escribiera. Pero primero quiero contarle un secreto. Usted y yo somos dos voces. Dos voces, cada cual en su cuerpo o su armadura. Pasan muchas cosas en la vida: encontramos y perdemos el amor, enfrentamos al enemigo, caemos en un pozo oscuro, quizás un día un ángel llegará a liberarnos. Pero hasta que eso ocurra, nuestras voces habitan nuestros cuerpos. Un día deberán irse.

Las voces que llegan al mundo vienen y se van, así ha sido a lo largo del tiempo, pero antes deben aprender a contar una historia. Una historia que ellas mismas hayan vivido o soñado. Y voy a concederle algo, porque así lo piden las otras leyes, mucho más antiguas, de la cortesía: usted que me acompañó hasta aquí, que escuchó mi historia, si algún día se encuentra en problemas, si algún día es perseguido por otros fantasmas, llame al Perro Negro de Brocelianda y no tendrá de qué preocuparse, porque iré con mi espada y mi escudo a defender su persona. Ni siquiera una manada de obispos podría impedirlo. Como dice mi escudo de armas: la aventura es un placer para mí. De eso trata la amistad que hay entre una voz que llega de lejos y aquel que la escucha. Ahora, es tiempo de volver al combate.

13

Los sospechosos

Desperté porque el gerente recogía los restos de la cena.

—¿Verdad que estaba todo muy bueno? ¡Se nota que les gustó!

En las planchas no quedaba una sola brizna de pan, de carne o de quesos. Y las botellas estaban vacías. Y, sin embargo, no recordaba haber tocado un solo pedazo de esa comida.

—Perdone que lo moleste, pero habrá mucho movimiento en el Manoir. Los invitados del señor Breton están por llegar.

—¿Cuáles invitados?

Encontré al poeta frente al castillo, mirando hacia el sendero que venía de Dieppe. Al ver que le extendía el bombín frunció el ceño:

—¿Qué es eso?

—Su sombrero, el que olvidó en el pozo. Lo encontré anoche.

—Ese no es mío.

—¿Cómo?

—No es mío. Ese es negro, el mío era azul.

¡Perfecto! Ahora mis colegas me iban a acusar de ocultar evidencias. Examiné el sombrero: por dentro, junto a una de las costuras interiores tenía escritas dos letras borrosas con tinta negra: "MD".

—¿Qué le pasó anoche? ¿Por qué tardó tanto en regresar?

—Me extravié... Tardé en encontrar el camino hasta Dieppe y luego la carretera hasta aquí.

—¿Pudo averiguar algo sobre la cosa que vi?

Pensé en el perro lanudo que vi a la luz de la luna.

—Nada concluyente.

—¡Es usted tan útil que deberían nombrarlo director del periódico! Mire, ya vienen mis colegas. Hablaremos después...

A partir de ese momento, la entrada del Manoir se convirtió en el más extraño desfile de sospechosos que había visto en mi vida. A medida que Breton me explicaba quién era cada uno de ellos, mi asombro se desbordaba, crecía otra vez y volvía a desbordarse.

Adelante de la comitiva, guiando la caravana, venía el taxista borracho; tras él, una fila muy larga de coches, todos lujosos y centelleantes bajo los rayos del sol de Normandía.

Tan pronto se detuvo, del taxi descendieron cinco sujetos sin saco o corbata, algunos con las mangas enrolladas. Un gordo de bigotes encabezó la marcha hacia el líder del surrealismo.

—¡La pandilla de la calle del Castillo! —Sonrió Breton—. No creí que vendrían.

Se refería a los artistas escandalosos que compartían un departamento en Montparnasse. Breton me los presentó uno por uno, luego de intercambiar con ellos sonoros abrazos: el pintor André Masson; el poeta Benjamin Péret, "el más fiel de los amigos", según dijo Breton; Jacques Prévert, "un poeta exquisito"; Yves Tanguy, pintor de paisajes submarinos imaginarios, y el joven editor Marcel Duhamel, un bigotón que buscaba con avidez la fuente de alcohol más cercana. Breton me explicó que este último fue contratado por el mismo Gaston Gallimard para crear la primera colección de literatura policiaca de Francia "y del mundo". Cuando Duhamel vio el sombrero que yo aún tenía en la mano, se acercó, extrañado:

—¿Me permite?

Y al ver las siglas inscritas en el interior, se lo puso alegremente:

—¡Es el mío! ¿Dónde estaba? —Me dio no uno, sino dos abrazos—. ¡Lo perdí aquí la semana pasada!

El último en bajar del auto fue el doctor Pierre Naville: un hombre elegante, en traje claro, que cargaba un pequeño maletín de piel. No había nadie más en el vehículo: ni rastro de mi amiga.

Antes de que pudiera abordar al médico, sonó un par de claxons. Mientras el taxi maniobraba para regresar al pueblo, un Ford azul oscuro pasó junto a él y se estacionó frente a la entrada principal. De él bajaron el poeta Paul Éluard y su esposa, Elena Ivánovna Diákonova: una mujer blanca como la leche y vestida de verde de pies a cabeza. Las fotos que había visto de ella no daban cuenta de sus impresionantes ojos rasgados y claros como dos piedras de lapislázuli. Antes de bajar del auto, la rusa miró el sendero con desprecio, como si el hotel o los surrealistas o el universo entero debieran instalar una alfombra roja exclusiva para ella. Con la pareja viajaban tres artistas más: el pintor Max Ernst, un hombre eslavo, de nariz aquilina y cabello tan rubio que parecía de plata; su esposa, Marie-Berthe Aurenche, una mujer muy elegante, de baja estatura, que a ratos adoptaba una expresión atormentada, y junto a ellos una joven delgada y muy simpática, que no paraba de sonreír. Casi me voy de espaldas cuando me la presentaron como Meret Oppenheim. No la reconocí porque una cosa era ver la muy impresionante imagen de una joven muy bella y sonriente, con el torso desnudo y un brazo pintado con tinta negra, en una de las fotos de Man Ray, y otra, ver a una mujer real, vestida de modo conservador delante de ti. Mucho me costó disimular mi embarazo cuando me sonrió al pasar.

El cineasta Luis Buñuel llegó al volante de un auto deportivo, que condujo a toda velocidad, y frenó segundos antes de chocar con una secuoya, para horror de sus acompañantes. Más que bajarse, saltaron del auto:

—¡Luis, eres una bestia!

—¡Nos querías matar!

—Matarlos no. Solo quería ver cómo salían volando del auto.

—Llegó la bestia andaluza —susurró Breton.

Buñuel trotó hasta el líder del grupo. Parecía que iba a zarandearlo con un par de abrazos, pero a medida que se acercaba, la presencia y compostura del poeta lo desarmaron, así que se limitó a inclinarse y darle la mano.

—Es un honor, señor Breton. Gracias por la invitación.

Además de Buñuel, del auto salió uno de los personajes más excéntricos, y por mucho, de un grupo en el que costaba destacar en esa categoría: un hombrecillo flaco y tembloroso, de bigotes tan largos y finos que uno pensaba automáticamente en las antenas de una langosta. Vestía un traje de terciopelo azul oscuro. Ni siquiera el mismo Breton lo reconoció y Buñuel tuvo que presentarlos:

—Es el pintor español Salvador Dalí. Ya sé que prometí presentarlos en una fecha posterior, pero Salvador quería conocerte cuanto antes y ha venido desde España.

Cuando pasó junto a mí, Dalí me dejó con la mano extendida y se despidió con un gesto de la mano:

—Paso al genio, por favor.

Tras ellos bajó el poeta René Crevel, el médium preferido de Breton para las sesiones de hipnotismo. En cuanto Breton lo vio, fue a estrechar su mano:

—Gracias, René… agradezco que hayas venido pese a todo lo que pasó.

—Comprendo lo que está en juego, André. Yo abrí la puerta, yo la cerraré. Pero será la última vez. Aquí estoy.

Si Crevel asistió a la junta a pesar de estar tan disgustado con el papa del surrealismo, su presencia confirmaba que algo muy importante iba a ocurrir esa noche.

Un coche negro con placas de Bélgica se detuvo a continuación. De él bajó un hombre de traje y corbata, bombín y gabardina, todo del mismo color que habría elegido el más severo de los predicadores. En su rostro destacaban dos cejas muy gruesas y una espesa mata de cabello engominado hacia atrás. Tan pronto pisó el suelo, se abrochó la gabardina y ayudó a descender a una joven de cabello oscuro y serenos ojos azules. Tenía la mirada más transparente de entre todas las recién llegadas, pero apenas variaba la expresión de su rostro, tal como lo haría una estatua si dicha estatua se encarnara en una mujer. Su acompañante se ajustó la corbata, le tendió el brazo, y solo entonces avanzaron hacia Breton.

—¡Vinieron los Magritte! ¡Hola, René! ¡Hola, Georgette! Miren —me apuntó—, este joven es el reportero belga de *La Libertad*. Sin duda tendrán mucho de que hablar.

Al oír esto, casi salgo corriendo. Con esos dos ahí, mi coartada iba a sufrir un examen muy rudo en las próximas horas.

—¿*La Libertad*? —Magritte frunció el ceño—. Jamás lo he oído mencionar… ¿Es un periódico?

Por fortuna se oyó un claxon más y vino a estacionarse frente a nosotros un automóvil amplio como un trasatlántico. De él descendieron un hombre delgado, vestido con un gusto exquisito, y una mujer altísima, vasta, de gruesos anteojos oscuros y un sombrero enorme y redondo.

—Ese es Drieu La Rochelle —musitó Breton—, uno de los escritores más refinados que han pasado por el grupo, muy cercano a las más prestigiosas editoriales y revistas de arte; lo estimo mucho, a pesar de su, ¿cómo llamarla?, de sus simpatías por la derecha. Viene con una de sus amigas más cercanas, la escritora argentina Victoria Ocampo. Dicen que la fortuna de esa amiga suya es tan grande como el Cono Sur.

El último en bajar del auto fue un jovencito muy delgado y silencioso, que miraba a todos con la misma mezcla de asombro y precaución que yo. Era un escritor catalán, cuyo nombre se me escapa ahora: algo así como Villa-Mara, o Vila-Matta. Quizás porque quienes hablamos español compartimos un sexto sentido que nos permite reconocernos, o quizás porque teníamos la misma edad, el catalán me preguntó en español si tenía fuego y le presté mi encendedor para que él pudiera fumar un cigarrillo:

—Yo no debería estar aquí. La verdad, no sé qué hago entre tantos shandys…

—Te entiendo —le dije—. Me pasa lo mismo. ¿Dónde te gustaría estar?

—En Montevideo. O en Veracruz.

Nuestra charla fue interrumpida por el más lujoso de todos los coches: un relumbrante Rolls-Royce plateado. Lo conducía un chofer con sombrero y guantes. De él bajó un joven ágil y menudo. Aunque su torso estaba cubierto por un ancho saco cruzado, sus piernas eran tan delgadas que al caminar más parecía un pájaro que una persona. Sonrió a todos, pero al no obtener respuesta, no se movió de su lugar, y Dalí y René Magritte, que aún estaban por ahí, fueron a recibirlo.

—¿Y ese quién es? —preguntó Breton, frunciendo las cejas.

Éluard se encogió de hombros; fue Péret quien lo identificó:

—Ah. Es el poeta inglés Edward James.

El hombrecito abrió la puerta y del auto bajó la más impresionante de todas las mujeres que habían ido al Manoir. No eran tanto sus ropas, que no ocultaban precisamente sus formas, sino su manera de moverse, pues más que caminar parecía flotar sobre el camino. En los diez pasos que debía dar hasta Breton ella se detuvo por completo dos veces tan solo para mover y elevar las manos a la altura de su rostro; en ambos casos, quienes la observábamos permanecimos en suspenso, fascinados por completo. Yo reaccioné hasta que Péret carraspeó:

—Esa es su esposa, la bailarina Tilly Losch.

James y Tilly saludaron a Breton en un francés correcto, con un fuerte acento británico:

—Estamous muuy honrados de conocerlou. ¡Este lugar y este jardín están llenous de magia! ¡Qué lindo lugar!

Del siguiente auto, un extravagante deportivo de diseño italiano, bajó un grupo de mujeres desconcertantes en su manera de vestir e imponentes por su personalidad, a tal grado que parecía un concurso de modas:

—¿Son modelos profesionales? —pregunté a Breton.

—No, sólo son amigas del grupo, y algunas artistas.

Y procedió a presentar a la inconfundible marquesa Luisa Casati y su chofer africano; les siguió Dora Markovitch, también conocida como Dora Maar: una fotógrafa muy joven que no se detenía un segundo hasta encontrar el ángulo y el instante perfecto; y dos mujeres que irradiaban seguridad: Lise Deharme y Lena Amsel. Solo un ciego dejaría de advertir la fascinación que despertaban en los presentes.

Para entonces los recién llegados bebían cocteles que el chofer de alguna de las millonarias preparaba en la recepción.

Y entonces, cuando parecía que el desfile había terminado, un claxon sonó muchas veces y con gran entusiasmo: llegó el más popular de los poetas del grupo. Louis Aragon, o el príncipe Louis, como lo llamó Drieu La Rochelle.

Si Breton era el indiscutible líder del grupo, con su porte y su peligrosidad a flor de piel, Aragon era el príncipe heredero. Mientras que la presencia de Breton imponía admiración y temor a medida que te le acercabas, la figura de Aragon despertaba simpatía instantánea. El primero era un depredador acostumbrado a liquidar de un zarpazo a cuanta especie veía; el otro, un felino de patas largas que prefería jugar con sus víctimas a comérselas.

Su padre fue un famoso miembro de la sociedad parisina de finales de siglo XIX: ni más ni menos que Louis Andrieux, el prefecto de policía de París, embajador de Francia en Madrid y dos veces diputado. A los cincuenta y cuatro años Andrieux tuvo un romance fuera de su matrimonio con una joven treinta años menor: Marguerite Toucas-Massillon, hija de una familia burguesa en desgracia, y fue así que Louis Aragon vino al mundo. Porque no quería provocar un escándalo, la madre de Marguerite mandó a vivir a su hija embarazada a un departamento alejado de sus hermanas y conocidos, y ocultó el nacimiento de la criatura, de modo que al nacer la registraron en una iglesia como hijo de dos personajes imaginarios, que el padre inventó para la ocasión: un tal Jean Aragon y una señora Blanche Moulin. La abuela materna, Claire Toucas, hizo regresar a Marguerite a la casa poco después del parto, más tarde acogió al pequeño Louis y lo crio como si fuera su hijo adoptivo. Durante la infancia de Aragon, su padre biológico se hizo pasar como su padrino, y su madre alegó ser su hermana mayor. Aragon se enteró de la verdad días antes de que el Ejército francés lo reclutara y lo enviara a la guerra de 1914, porque su padre biológico le confesó todo, temeroso de que Louis muriera en el frente sin conocer la verdad.

Tanto engaño y misterio provocaron enorme ira en el joven estudiante de medicina, que luego de reclamarle a su padre el abandono en que lo tuvo, rompió con él para siempre. Cuando fue incorporado al Ejército, Aragon tuvo la fortuna de hacer de inmediato amistad con su compañero de habitación: el joven André Breton, con quien solía toparse en las librerías de París. Ambos fueron enviados como internos al Hospital Val-de-Grâce, donde recibieron formación de médicos auxiliares. Pronto los asignaron al pabellón de los locos furiosos: de día debían atender a pacientes que golpeaban las paredes y gritaban sin cesar al ver a los doctores; por las noches, en las breves horas que tenían de descanso, los jóvenes surrealistas leían en voz alta poemas de Apollinaire y discutían si Rimbaud era mejor que Lautréamont.

A Aragon lo llamaron al frente el 26 de junio de 1918, lo reclutaron en el tricentésimo quincuagésimo quinto regimiento de infantería, el famoso 355, y fue enviado a pelear. Le dieron la Cruz de Guerra el 15 de agosto de 1918, pues, dado que era el único médico que quedaba con vida en el batallón, estuvo a cargo de evacuar a todos los heridos, en condiciones muy peligrosas. Según el reporte, Aragon "demostró una dedicación y una abnegación por encima de cualquier elogio".

Su novia, ahí presente, era la famosa millonaria Nancy Cunard, heredera única del famoso constructor de navíos británicos. Nancy descendió del auto con una mascada roja y un escandaloso vestido *flapper*, que exhibía sus muy ejercitadas y apetitosas pantorrillas. Nos miró a través de unos lentes oscuros grandes como el cristal delantero de su auto:

—¡Necesitamos ayuda!

No sé cómo se las ingeniaron para acomodar tantas botellas en la reducida cajuela del auto deportivo. El gerente y Suzanne, nerviosos por la multitud, se apresuraron a ayudarla.

—No se preocupe, señorita: enviaremos todo a su suite.

—Todo no: los quesos, el paté y el vino mándelos a la cocina; los usaremos esta noche. A la recámara solo envíe mis maletas, por favor.

Y se dirigió a Breton:

—Trajimos un pequeño regalo para ti. De la imprenta que compré para fundar mi editorial.

A pesar de la mirada iracunda de Aragon, Nancy se dirigió con paso coqueto a Breton. Al llegar ante el poeta lo besó en las mejillas y le entregó un pequeño libro, decorado con un moño rojo.

—Es mi traducción de *La caza del snark*, de Lewis Carroll.

Miré a Breton: con un ojo recibió el libro y con el otro devoró a la británica:

—Bienvenidos, Nancy y Louis. Vamos a instalarlos.

Miré a la multitud: para mi decepción, Mariska no se encontraba entre los presentes. Las únicas personas que rodeaban a Breton eran sus compañeros en las artes.

Me pregunté con amargura qué estaba haciendo allí, en el norte de Francia, cuando debería seguir en París, buscando la pista de mi amiga. Pronto se cumplirían más de cincuenta horas de su desaparición.

La recepción del hotel pronto fue un caos. La gran mayoría de los visitantes se instaló ahí, mientras el gerente y Suzanne los registraban, y, entretanto, los choferes de Edward James y Luisa Casati competían en descorchar botellas de champán para todos. El jolgorio era general, pero yo no estaba para fiestas.

Me detuve junto a la armadura del Perro Negro y observé a los sospechosos. Las manos me sudaban. Si quería hallar a Mariska, en las siguientes horas debería abrirme paso entre artistas probables y anarquistas comprobados, identificar a algún informante que escribiera con tinta verde y averiguar todo lo que pudiera sobre la misteriosa mujer que atacó a Breton con las garras extendidas.

14

Retrato al desnudo

—¿Está usted seguro de que existe *La Libertad*? —Sonrió Éluard—. Y es más, ¿hay periodistas en Bélgica?

Estábamos en La Terrasse, un restaurante frente a los acantilados, donde Breton había hecho una reservación para los veinticinco invitados oficiales del grupo. Pero nadie contaba con los visitantes inesperados, así que el dueño del local se jalaba los cabellos para acomodarlos a todos. El desorden era tal, y el escándalo tan grande, que se vio obligado a quebrar una de las leyes no escritas de los restaurantes franceses: cambió de lugar a sus clientes frecuentes, mientras se deshacía en un mar de disculpas. Por fin logró armar una mesa en forma de círculo imperfecto o rectángulo curveado, en la que no había un sitio central y todos podían verse las caras. La gran mayoría había colgado sus sombreros de paja y sus chales a la entrada, pero algunos, como Duhamel o Péret, los usaban para abanicarse, dado que la resolana ahí golpeaba con tenacidad. A medida que caminaba de un ángulo a otro, Dora Maar tomaba retratos de todos. Cuando me apuntó con el aparato me giré discretamente, pues a ninguno de mis jefes le gustaría que un agente encubierto apareciera en una fotografía oficial con los sospechosos que debería vigilar.

Desde su lado de la mesa, Aragon increpaba a Breton:

—¿No sería conveniente poner entre paréntesis nuestras actividades por una temporada y simplemente obedecer al Partido?

—Claro, y dejar en manos de esos comisarios la imaginación y la belleza… ¡no luchamos por la libertad para perderla ante los burócratas!

Péret casi saltó:

—Así piensan en el Partido Comunista, pero la poesía no tiene patria ni dueño: pertenece a todos los tiempos y a todos los lugares.

Breton insistió:

—Recuerden que estamos en una guerra, en una revolución. Si cambiamos la imaginación, cambiará todo.

Desde que el grupo llegó, al borde del mediodía, el hotel había entrado en una ebullición inagotable. El gerente y Suzanne corrían de un lado a otro para ayudar a los clientes; los artistas se paseaban con embeleso por los jardines y los pasillos del

Manoir; las millonarias, Luisa, Victoria y Nancy, discutían ante la fachada mientras comentaban los supuestos deslices del arquitecto a cargo con ojo implacable; Breton hablaba en voz baja con Aragon, y el gordo Duhamel, que había estado la semana pasada, explicaba aquí y allá los secretos del lugar a quienes lo visitaban por primera vez. Fue un verdadero milagro que nadie se extraviara de camino al restaurante.

—¿Tienen periódicos en Bélgica? —bromeó la esposa de Éluard, Elena Ivánovna.

Les mostré el permiso que falsificaron mis colegas en las oficinas de la policía judicial, pero no parecieron convencidos.

—*La Libertad*. Jamás lo había oído nombrar —insistió Magritte.

—Bella palabra, dudoso periódico —asintió Éluard.

—Hay un bar cerca de aquí —susurró Péret—, el Bar de los Ciervos, donde se reúnen los canallas de la zona, auténticos contrabandistas y sus distribuidores. ¿Vamos a beber ahí?

—¡Qué extraño! —Duhamel se rascó la nuca—. Justamente me encomendaron crear la primera colección de novela policiaca y misterio de Gallimard. No pensé que me iniciaría en el crimen con ustedes.

—¿Y cómo piensas llamar a tu colección? ¡El nombre es esencial para que despegue!

—Se llamara "La Serie Negra". —Los bigotes de Duhamel se ensancharon en una sonrisa—. Ya estamos traduciendo a Dashiell Hammett.

—¿A quién?

—¡Al mejor novelista policiaco del mundo!

—Robert Desnos está escribiendo una novela sobre Jack el Destripador. Deberías publicarla.*

—Me gustaría, pero ya sabes que Breton lo vería mal en estos momentos…

Dado que la mayoría de los integrantes del grupo se estimaban pese a todo, y tenían tiempo sin verse, incluso el taciturno Breton llegó a sonreír con la mitad de la cara, un par de veces, ante las bromas y los poemas que improvisaban sus amigos.

—¿Nadie ha escrito un libro sobre el amor? —preguntó Nancy—. Me sorprende que haya tantos poetas aquí, tantos pintores, ¡tantos escritores clandestinos de novelas! Y que nadie pueda dar una explicación convincente del amor.

—Yo tengo una. —Aragon alzó su copa—. No está en un poema, sino en un poema en forma de novela… en una de mis novelas sin acabar… Parece que es mi género preferido, ¿no? Pero también tengo poemas:

* N. de Pierre Le Noir: Los detalles referentes a esta novela fueron contados en la segunda parte de estas memorias, publicadas con el título de *Muerte en el Jardín de la Luna*.

Y recitó:

Por tres años nos buscamos, mi amiga fulgurante y
oscura.
Cuando había eclipse ella era al mismo tiempo el sol
y la luna.
Su aroma persistió por mucho tiempo en la avenida.
La vi alejarse, a mi reina blanca y negra.
Un día se fue, atravesó el espejo en un descuido,
y no fui yo quien la ha llamado o retenido.
Qué extraño es un amor que se acaba sin lamentos
o quejidos,
el silencio que aparece cuando la música se ha ido.
Y mucho tiempo después uno comprende el mal que
ha vivido.

—Bravo —celebró Éluard—. ¿Este poema es para Nancy, por supuesto?

—Pues no, porque la avenida a la que me refiero es la avenida Buttes-Chaumont, y Nancy nunca va por ahí. —Sonrió.

—Hoy tenemos otra prioridad —lo reconvino Breton—: iremos a otro restaurante, frente a los acantilados.

Y hacia allá fuimos.

Cuando trajeron los postres, Magritte, que estaba justo frente a mí, del otro lado de la mesa, consultó a su mujer con enorme seriedad y ella asintió.

El pintor se puso de pie, tomó una copa y la hizo resonar con una cuchara:

—Atención, colegas: el surrealismo belga tiene una sorpresa para ustedes.

—¡Que pague la cuenta! —gritó Tanguy.

Antes de que las bromas siguieran, Magritte alzó un objeto cuadrado, cubierto por una tela oscura.

—La obra está lista.

Cuando retiró la tela apreciamos una pintura protegida por un marco de madera. En el centro de la obra, sobre un fondo negro como la noche, Magritte había pintado el cuerpo de una bella mujer desnuda, con la piel tan blanca que hacía pensar en la luna. La mujer miraba hacia atrás con tanta fuerza que parecía a punto de escaparse del cuadro, o de sumergirse en la oscuridad, y cubría sus senos con el brazo derecho. El cabello oscuro, de ala de cuervo, se confundía con el fondo y desaparecía en él. Porque uno de sus pies estaba un poco más adelante que el otro, se diría que la mujer caminaba: lo mismo parecía avanzar hacia nosotros que andar en reversa. Magritte había escrito dos frases en el cuadro: "Yo no veo a la", luego venía el cuerpo desnudo de la mujer, y al final añadía: "escondida en el bosque". Es decir: "Yo no veo a la mujer escondida en el bosque".

Y aunque la pintura por sí sola era inquietante y no necesitaba nada más, Magritte había pegado alrededor de ella dieciséis fotos instantáneas, de esas que se toman en los aparatos conocidos como *photomatones* a la entrada del metro. Cada una representaba a un miembro del grupo surrealista, todos con los ojos cerrados, como si estuvieran dormidos o soñaran.

Muchos de los presentes aplaudieron, y el cuadro circuló alrededor de la mesa. Solo Breton seguía taciturno:

—Las palabras, el retrato, el *collage* son perfectos... el efecto es inquietante. Gracias, René.

—Tómenlo con las manos limpias, por favor —suplicó el pintor.

Cuando el cuadro de Magritte llegó hasta nosotros, Aragon se inclinó sobre él y señaló las fotos una por una:

—¡Qué inteligente es Magritte! Mira: las colocó en orden alfabético para no crear tensiones innecesarias.

Según nos explicaba Aragon, Magritte había pedido a todos los surrealistas que fueran a una cabina de fotos instantáneas y se tomaran un retrato con los ojos cerrados. Eligió las mejores, aquellas en las que los surrealistas obedecían sus instrucciones —en la medida de lo posible— y pegó las fotos alrededor del desnudo.

—Alexandre, Aragon, Breton, Buñuel, Caupenne, Dalí, Éluard, Ernst, Fourrier, Goemans, Magritte, Nougé, Sadoul, Tanguy, Thirion, Valentin.

—Muy interesante —reconoció Nancy—. Pero ¿qué significa que todos se hallen con los ojos cerrados? ¿Están soñando o están recordando a esa mujer?

—También podrían estar muertos —sugirió Tanguy.

Al ver que Duhamel y Prévert pedían más botellas, el papa del surrealismo los increpó:

—Necesito toda su claridad para lo que va a ocurrir esta noche.

—¿De verdad habrá una sesión?

—Es impostergable —bramó el poeta.

—¿Estamos contempladas? —gruñó Nancy.

—¡Las mujeres no son aptas para el surrealismo! —bromeó Breton.

—¿Cómo? ¿Por qué?

—¡Ey! —gritó Dora—. Somos artistas también.

Pero Breton persistió:

—Lo maravilloso no se les da: en cuanto abren los ojos olvidan lo que soñaron por la noche, y durante el día evitan que ocurra todo lo impredecible, lo fantástico...

Se oyó un "Te lo dije" y Breton recibió una serie de abucheos por parte de las artistas allí presentes. Incluso le arrojaron servilletas a la cara.

—¡Estaremos ahí de todos modos!

—¡Aunque André no quiera!

Le pregunté a Elena Ivánovna por qué los hombres y las mujeres del grupo le toleraban esos desplantes a Breton:

—¿Quiere una respuesta breve? Porque es la única persona que les ha hecho ver que la vida consiste en alcanzar los límites más lejanos de uno mismo en todas las direcciones posibles, antes de que la muerte los sobrepase.

Vaya que esa mujer realmente apreciaba y admiraba al señor Breton.

Entre el barullo, Breton tocó una copa con su cuchara:

—Recuerden: la cita es a las ocho y media, para cenar, en el restaurante del Manoir. ¡Hasta entonces!

Y se retiró con Aragon y Nancy.

A partir de ese instante, los integrantes se dividieron en dos grupos: los hombres, comandados por Duhamel, Prévert y Tanguy, anunciaron que irían a visitar el famoso Bar de los Ciervos y las millonarias, encabezadas por Luisa Casati, se fueron en masa, sin decir a dónde. Lise Deharme le preguntó a Marie-Berthe:

—¿Vas a venir con nosotras?

—¡Claro que no! ¡Cómo se te ocurre! Soy una mujer respetable.

Lo cual provocó la risa de Lise y de sus compañeras.

Yo me sentía sobrepasado: ¿cómo interrogar uno por uno a los miembros de esa multitud? ¿Por dónde empezar?

Busqué a la joven artista alemana que me había sonreído, Meret Oppenheim, y vi que estaba con Max Ernst, en una mesa alejada, donde Ernst pintaba algo. Tomé mi copa y fui a sentarme junto a ellos. Meret sonrió de nuevo y clavó la vista en lo que hacía Ernst. Este terminaba de colocar diferentes hojas de plantas sobre la mesa, luego puso sobre ellas una hoja de papel, sacó unos cuantos colores de su saco y se dedicó a frotar el papel suavemente, con toda paciencia, hasta que distintas formas, todas exquisitas, con una textura excepcional, surgieron de repente. Meret estaba cautivada.

—¿Así comienzan todos tus cuadros?

—No. Esto es solo un ingrediente.

—¿Y de qué va a tratar este cuadro? ¿Lo sabes desde antes de empezarlo?

—No lo sé aún. En eso consiste nuestro oficio: en descubrir qué va a ocurrir en el lienzo. En preguntarle a cada gota de color, a cada trazo de tinta, cuál es la vida que quiere vivir. Pregúntale y dale esa vida dentro del cuadro. Luego, escóndelo todo y no des explicaciones. Un buen cuadro se siente, no necesita comentarios.

Ernst seguía dibujando sin dejar de sonreír a la artista o de estudiarla con la mirada. La joven artista fingía ignorarlo, pero en todo momento le dedicaba una sonrisa encantadora.

—Leí los *Manifiestos del surrealismo*.

—Ah, por fin.

—¿Realmente crees que se puede vivir así, dándole al sueño un lugar central en la vida?

—No todas las personas pueden. Algunas prefieren casarse con quien ordenen sus padres y organizar tés de caridad.

—Yo me escapé de casa de mi padre varias veces para dedicarme a esculpir. Lo he dado todo por la escultura, así que no digas que soy conservadora.

Para entonces la figura que Ernst pintaba sobre el mantel había adquirido la forma de un animal prehistórico: una especie de rinoceronte con picos dispuestos a lo largo del cuerpo, que corría en dirección de la joven. Ella sonrió al ver el resultado. Max le ofreció el dibujo y le dio un trago a su vino:

—Me dijeron que tú también creas cosas extrañas y extraordinarias. Dicen que no es raro ver cosas monstruosas en tus creaciones, hechas con todo detalle, como si las copiaras de la realidad. ¿Alguna vez has visto fantasmas? ¿Hadas? ¿O seres diminutos, del tamaño de una flor? ¿*Siddhes*?

La joven negó con una sonrisa.

—¿Entonces por qué esculpes esas cosas? Vi tu juego de té recubierto de piel. ¡Me dio escalofríos!

La artista estalló:

—Señor Ernst, ¿alguna vez ha visto aves acechando a los niños, como si fueran bestias salvajes?

—No.

—¿Entonces por qué pintó un ruiseñor atacando a dos niñas?

Ernst, sorprendido *in fraganti*, se recargó en la silla:

—Porque, como escribió el poeta Caspar David Friedrich, un pintor no solo debe pintar lo que ve fuera de él, sino lo que ve dentro de sí. ¡Pobre del pintor que sabe lo que quiere! El mayor poder que tiene el artista, lo que da vida a sus cuadros, es lo que ignora sobre sí mismo. Debe dejar que salga lo desconocido y estudiar esos paisajes misteriosos, esos personajes que viven en su alma.

—¿Y si lo llevan a la locura?

—André te respondería con otra pregunta: ¿vamos a perdernos las maravillas de la imaginación y el sueño solamente por el miedo a enloquecer?

Comprendí que mi presencia sobraba, así que me levanté y me fui de puntitas. Para entonces, brillaba un sol esplendoroso, y el mar llegaba muy dulce a lamer la playa. Me pareció oír voces conocidas, así que bajé por el primer sendero que distinguí. No estaba preparado para lo que vi.

Al dar la vuelta a la última curva del camino, llegué de golpe a un estrecho banco de arena. Recostadas sobre un par de manteles a cuadros, aletargadas y embriagadas por el vino, las novias, esposas y colegas de los surrealistas tomaban el sol, desnudas de la cintura para arriba y con los ojos cerrados, disfrutando la luz. La impresión de ver a todas esas jóvenes de belleza excepcional fue tan fuerte que no me pude mover hasta que una de ellas abrió los ojos:

—¡El reportero!

Y de repente, tantos ojos, tantas sonrisas, tantas mujeres semidesnudas giraron sin ningún pudor hacia mí. Solo tuve tiempo de pensar: esto no pasa en París.

—A ver, señor reportero, venga para acá.

—¡No aceptamos fisgones!

No tenían ninguna intención de cubrirse. Hasta entonces comprendí que posaban para Dora Maar, que se hallaba de pie frente a ellas y buscaba el mejor ángulo para retratarlas.

—No tenga miedo. No mordemos —Lise me miró con malicia.

—¿O le asusta lo que ve?

—¿Por qué se va a asustar? —Una de ellas alzó los brazos—. No hay nada que temer por aquí.

Intrigadas por mi llegada, las amigas se abrazaban y retozaban sobre los manteles. Yo no podía quitarles la vista de encima.

—Perdonen la intrusión… Estoy buscando a una persona.

—Si es a una mujer, aquí estamos todas.

—Ven a buscar más de cerca —Se carcajearon.

—¿Alguna de ustedes ha visto a Mariska? Pensé que vendría con ustedes.

El pequeño encanto que había suscitado se rompió y las muchachas volvieron a su puesto sobre el mantel. Dora Maar se inclinó sobre ellas y adoptaron las poses de antes. Solo Georgette Magritte respondió:

—Mariska es el misterio en persona. Nadie sabe dónde vive, de qué vive, qué edad tiene, y de tanto en tanto se desaparece por largas temporadas. Por eso todos los hombres la admiran.

—Como a Nadja.

—Sí, como a Nadja.

Se referían a una de las mujeres importantes en la vida de Breton, aunque nada decían los informes sobre ella.

—No entiendo cómo pudo dejar a su esposa por Nadja. ¡Simone es una gran persona!

—Y ahora todos están embobados con ella.

—En realidad, Nadja se llama Leona Delcourt.

—Y ahora nadie sabe dónde está…

—Como sea. Nadja o Leona, de ella se hacen una gran imagen, pero no ven a una mujer: ven un capricho de Breton. ¡Si lo sabremos nosotras!

—Se creen los revolucionarios del arte y son tan conservadores como sus abuelos. Para ellos somos al mismo tiempo una musa y alguien que les hace de comer y lava la ropa. ¡Ni siquiera nos reconocen como personas! No será usted como Breton, ¿verdad?

Me contaron que en el último par de meses, desde que se separó de su esposa, Breton había tenido una relación con Suzanne Muzard, sin importarle que viviera con Emmanuel Berl, otro miembro del grupo; luego se enamoró de Lise Hirtz, sin importarle que fuera la esposa de Paul Deharme, y ahora el muy canalla estaba interesado en ligarse a Nancy, la novia de Aragon, todo en nombre de la supuesta libertad sexual que debía existir en el grupo. ¡Vaya tipo!

—Pero ¿cómo reacciona cuando se entera que su esposa sale a caminar con Max Morise? ¡Le reclama!

—En el fondo lo que todos quieren es una musa muy joven y bella, que se encargue de la vida práctica, y de paso lo adore como a un dios.

—No nos toman en cuenta. ¿Vio el cuadro de Magritte? Incluyó las fotos de dieciséis surrealistas, ¡dieciséis! Y son todos varones, no hay una sola mujer.

Dora alzó la cámara:

—Hoy haremos nuestra propia versión de ese cuadro. Y solo posaremos nosotras.

Durante un par de minutos, Dora retrató a las musas semidesnudas, que aceptaban posar y estirarse, o acomodarse unas sobre otras, según ella indicaba, a medida que bajaba el sol de la tarde.

—¿Y quién posó para la figura femenina en el cuadro de Magritte? ¿Fue alguna de ustedes?

—No.

—¿Georgette?

—Claro que no, no son sus facciones.

—¿Kiki de Montparnasse?

—¡René no puede pagar lo que cobra Kiki! Ella ya solo posa para Man Ray y Foujita. Y no, no se parece a Kiki.

—¿Quién fue entonces?

Dora bajó la vista:

—La mujer que aparece en el cuadro sería un fantasma que se le apareció a Breton. La Mujer Desnuda. Breton se la describió a Magritte y este la pintó lo mejor que pudo.

De golpe, la obra de Magritte cobró sentido: ¡era el retrato del famoso fantasma! Por eso las frases. No hablaban del desnudo de una mujer, sino de la aparición que tanto aterró al poeta en los últimos días. Magritte estaba bromeando con Breton: "Yo no veo a La Mujer Desnuda escondida en el bosque".

Volví a pensar en el cuadro. Si la mujer representaba al fantasma, ¿qué significaban los rostros de los artistas con los ojos cerrados alrededor del desnudo? ¿Estaban soñando, recordando o invocando al fantasma?

En ese instante recordé la prueba escrita en tinta verde que el comisario me había mostrado en el Sena, y lo comprendí todo:

Estarán ahí:

Aragon   Breton   Buñuel   Crevel
Dalí   Drieu   Duhamel   Éluard
Ernst   James   Masson   Magritte
Naville   Péret   Tanguy   quizás Tzara

—Hace frío. —Dora se enredó en el chal—. ¿Y si volvemos al Manoir?

15

Sangre de dragón

Cuando entré al restaurante del hotel, ya muchos de ellos estaban allí. Aunque el entusiasmo y la alegría predominaban, se habían instalado según un orden riguroso: sobre cada plato había un papel con un nombre escrito a mano: ese Breton era meticuloso hasta en el último detalle. A fin de provocar efectos inesperados, siempre espectaculares, poco a poco comprendí que Breton organizaba cada uno de sus eventos, incluso las cenas, con el cuidado de un cirujano. Pero algo me detuvo de golpe: los nombres de los invitados fueron escritos en tinta verde. Y, de hecho, una pluma dorada, con adornos muy refinados, se hallaba al final de la mesa. La tomé y comprobé su color. Disimulando tanto como pude, pregunté a los presentes:

—¿De quién es esta pluma? Alguien la olvidó aquí.

—Ni idea —dijo Meret—. Y siguió decorando la mesa.

Además de Meret y de Nancy, estaban ahí todas las mujeres: Dora, Elena Ivánovna, Tilly, Luisa, Lena, Victoria, Lise… De los hombres solo se hallaban Drieu La Rochelle, que bebía un té en silencio; Max Ernst, que bromeaba con las artistas, y Magritte, sentado frente a ellas en compañía de Georgette, mientras tomaba apuntes de las presentes en un diminuto cuaderno que ocultaba en la palma de su mano.

Las mujeres, alegres y doradas por el sol, interrogaban a Ernst. Por su mirada inquisitiva, que observaba a las presentes como si no tuvieran secretos para él, me dije que muy bien podría ser él quien enviaba esos informes tan detallados a la policía, así que me senté a observarlo y escuchar con atención cada una de sus palabras.

—¿Y los surrealistas buscan siempre saltarse los límites eróticos y sentimentales? —preguntó Victoria—. ¡Cuéntenos de sus excesos amorosos!

Ernst fingió escandalizarse:

—No me pidan eso… ¡No me gusta hablar mal de las esposas de mis amigos!

Todas las damas, salvo una, que se sonrojó, y cuyo nombre no diré, soltaron la carcajada.

Luisa arremetió:

—¿Usted cree, francamente, que el surrealismo es algo nuevo en el mundo del arte?

—Por supuesto que no, mi marquesa. El surrealismo ya existía antes de los surrealistas, ¡y puedo demostrarlo! ¿Me permiten contar una historia?

—Por supuesto…

—Una vez, Hans Arp y yo fuimos con otros amigos al bosque… y con nuestras amigas más divertidas. Estábamos bebiendo un vino de esa región que llaman "Sangre de dragón", porque a la segunda botella te tumba al suelo, como el dragón al santo…

Luisa Casati alzó una ceja:

—¡Era un santo muy pobre, si tomaba ese vino!

—En el punto más alto de la fiesta, un joven filósofo muy exaltado y romántico, pero sobre todo borracho, se lanzó de cabeza a la fogata que habíamos encendido, porque quería, según él, purificarse, y se desmayó. Cuando conseguimos sacarlo de ahí, el idiota no daba señales de vida. Bajamos corriendo la colina y tocamos en la única casa visible en esa oscuridad. Nos abrió un campesino muy pobre y muy triste. Cuando le explicamos nuestro problema, dijo que entendía lo que estábamos pasando, porque su esposa también acababa de morir hacía unos minutos.

—¡No es posible!

—Pero ocurrió, se lo juro. El campesino nos dijo "Pasen", e insistió en que pusiéramos el cuerpo del joven filósofo junto al cadáver de su esposa, en la única cama disponible en toda la casa. Y ahí estábamos, Arp y yo, y las muchachas, todos muy incómodos, de rodillas frente a la cama y rezando por ellos, siguiendo las instrucciones del campesino, que no nos dejaba partir: "Estoy muy contento de que hayan venido hasta aquí, y de que hayan traído a alguien para que acompañe a mi esposa en el camino". Estuvimos con él unos minutos y salimos a buscar a un juez, para informarle lo ocurrido, pero en el camino ocurrió algo…

—¿Algo macabro?

—Pues no: tomamos más Sangre de dragón, se nos olvidó nuestro propósito y regresamos a la fogata. Cuando ya amanecía, vimos una sombra muy oscura que emergía del centro de la noche…

—¿El campesino?

—No, era el filósofo, que venía a vengarse.

—¿Muerto?

—No: muy vivo, y además muy molesto y con ganas de pegarnos. No quiero saber qué se siente despertar medio quemado, junto al cadáver de una anciana y un campesino que llora.

Cuando la carcajada se disipó, me acerqué al pintor y le entregué la pluma. Este la miró un segundo y me la devolvió, extrañado:

—Es bonita, pero no es mía.

—Perdón, pensé que… Como carga tantas plumas en su saco…

Caminé al otro lado del salón, donde el grupo discutía con gravedad: Éluard, Crevel y Péret llevaban la voz cantante, y el resto de los presentes: Masson, Prévert, Tanguy, Dalí, Buñuel, Drieu y James, los escuchaban con diversos grados de preocupación.

—Va a salir bien, va a salir bien. Estoy convencido.

—No estoy tan seguro, nunca hemos hecho nada igual. Cuando Robert perdió el control también era Breton quien estaba a cargo.

—¿De verdad creen en el espiritismo? —preguntó Éluard.

—André sí cree. ¿Por qué nos mentiría?

—Ha estado muy nervioso. Se separa de Simone, pierde a Suzanne, a Lise y a Nadja; no tiene trabajo ni dónde vivir.

Masson alzó los brazos al cielo:

—Yo no los sigo ni creo en la cuestión. Quien ha ido a la guerra no puede creer en fantasmas. ¡Qué idea tan imbécil!

—Fue madame Sacco quien le sugirió todo esto. Cree que le ayudará a superar sus temores.

—Por favor —Péret llamó a mantener la calma—, André se ha dedicado a estudiar todo esto desde hace más de diez años. Sabe muy bien lo que hace.

—¿Lo has visto hablar con fantasmas reales? ¿Invocar a un fantasma concreto?

—Yo sí —bufó Duhamel—. La semana pasada, cuando vinimos a verlo… cuando fue atacado, yo estaba con él. Si no lo tomo por el brazo y lo obligo a correr, esa cosa nos hubiera alcanzado…

—Marcel, últimamente bebes demasiado —gruñó Masson.

—Si tú hubieras visto eso, también estarías sumergido en un mar de vino…

—¿Y si André se equivoca? —intervino Prévert.

En ese instante entraron Nancy y Aragon. El poeta venía unos pasos detrás de ella, las manos en los bolsillos, con cara de fastidio.

—¿Están hablando de la aparición? —Nancy se inclinó sobre el grupo.

—Es evidente —suspiró Aragón.

—No creo en esas cosas —los interrumpió Nancy—, pero… ¿No estaremos en riesgo, los presentes? En mi país se dicen cosas espantosas de los fantasmas que visitan este mundo, por no hablar de lo que ha llegado a ocurrir en tales reuniones. Conan Doyle publicó libros sobre eso. No me gusta la idea.

—¡Tonterías! —insistió Masson—. Yo vi caer delante de mí a decenas de mis conocidos, con los cuales llevaba buena relación, y ninguno ha venido a despedirse hasta ahora.

—¿Y tú qué opinas? —James le preguntó a Buñuel—. Sería interesante escuchar la opinión de un español.

Él lo pensó antes de responder:

—El camaleón puede hacer que sus ojos giren en las cuencas por completo, de modo que puede ver lo que está antes y lo que está después al mismo tiempo: ve sobre tres ejes. Tiene una visión del mundo que desconocemos, mucho más compleja que nosotros. ¡Ni nos imaginamos qué es lo que ve! Los gatos y los perros también se sobresaltan con cosas que no alcanzamos a percibir, cosas que a veces los divierten o aterran. ¿Cuál es la auténtica realidad? ¿La suya o la nuestra? Yo no sé, yo escucho y estudio evidencias. Y tengo un ojo estrábico, por cierto, como los camaleones. Quizás me ayude a ver a esta aparición.

Nancy se cubrió los hombros con su suéter. Algunos rieron por lo bajo. Pero la millonaria lucía inquieta y no estaba dispuesta a cambiar de conversación:

—Louis me ha hablado tanto de ustedes que no me iba a perder esta reunión. Pero díganme una cosa: ¿alguien aquí ha visto a un fantasma?

Aragón se inclinó hacia delante y sonrió:

—Sí: tú. Lo estás viendo ahora mismo.

En lugar de reír, los presentes callaron, y es que el papa del surrealismo había entrado a la sala.

16

El fantasma de la guerra

Breton caminó hasta la mesa y ocupó el lugar central.

—Continúa, continúa. No quiero interrumpir.

Aragon prosiguió:

—Le decía a Nancy que es probable que haya vivido con un fantasma durante todo este tiempo. Que se haya enamorado de él sin darse cuenta.

—Me habría dado cuenta, cariño, créeme.

—O quizás no, porque esta historia comienza antes de conocerte. Cuando Breton y yo éramos estudiantes de medicina en el Hospital Val-de-Grâce, donde nos daban un curso exprés para atender a los heridos, antes de ser enviados al frente. De día atendíamos el pabellón de los locos…

—El número dos —asintió Breton.

—Y tuvieron que añadir el número cuatro —replicó Aragón— a medida que la guerra empeoraba.

—Es verdad.

—De día, Breton y yo atendíamos el pabellón de los locos y por la noche leíamos a Lautréamont.

Los gritos de este poeta en sus versos se confundían con los gritos de los internos en el pabellón, y estábamos cada vez más preocupados: "Si así regresan los soldados de la guerra", nos decíamos, "¿qué estará ocurriendo allá? ¿La poesía nos servirá de algo en el frente de batalla, como nos sirve aquí para huir del dolor?". Pero nada nos preparó para lo que vivimos.

"Durante meses pensé que la guerra iba a terminar sin que saliéramos de ese hospital, pero uno nunca debe desear nada con demasiada fuerza, y ni siquiera decirlo en voz alta. En la guerra a diario morían muchos médicos y siempre faltaban doctores. Nunca había suficientes. Un día recibí una carta de los mandos superiores, donde me informaban que iban a movilizarme al campo de batalla y que debía integrarme al 355, en el Camino de las Damas.

—El camino sin regreso —susurró Éluard.

—Así es. —La voz de Aragon se volvió más grave.

—¿Qué es el Camino de las Damas? —lo interrumpió Nancy.

Masson, que se había sentado lejos del grupo minutos antes, abrió los ojos y explicó con altísima furia:

—Uno de los lugares más siniestros e imbéciles de la guerra… Si eras soldado raso en esos días, y escuchabas ese nombre, te echabas a temblar, porque nadie regresaba vivo de ahí. De otros rincones del frente regresabas gravemente herido, incompleto, mutilado, desequilibrado o loco, como los pacientes que atendió Breton, pero del Camino de las Damas no había manera de escapar.

—¿Por qué?

—Era la clave, el sitio estratégico que ambos bandos luchaban por controlar.

—Es un valle —interrumpió Éluard— a muy pocas horas de la frontera con Bélgica…

—Entre Laon y Soissons, al este de ambas —añadió Tanguy.

—En efecto —prosiguió Aragon—. Hubo un periodo de varias semanas en que la ayuda de los aliados se retrasó, y los dos ejércitos quedaron completamente solos, uno frente al otro. De ambos lados había generales rabiosos, que hacían todo por avanzar. París estaba casi al alcance de los alemanes: solo faltaban unas decenas de kilómetros para que lograran llegar. Pero si querías invadir Francia, tenías que conquistar ese sitio, pues era imposible avanzar por el mar, que estaba bien protegido, o por el sur, que estaba muy resguardado, y era imposible atravesar por las montañas… El Camino de las Damas era el lugar ideal para movilizar a un ejército amplio: los que querían Berlín y los que deseaban París enloquecieron al mismo tiempo; allí enviaban a miles a una muerte casi segura todos los días, convencidos de que faltaba poco para ganar. El orgullo de los militares franceses se enfrentó con la precisión de la tecnología alemana y el instinto asesino de sus militares. Cada día aparecían nuevos puestos con ametralladoras y nuevas alambradas de púas, por un lado, y del otro, un valle muy engañoso, que parecía despejado, pero bastaba poner un pie ahí para comprender que habías caído en una trampa. Esto se repetía a diario: los franceses descubrían el engaño, morían, y minutos después se repetía la masacre. A veces los soldados alemanes fingían desplazarse en retirada, los franceses atacaban y los alemanes les lanzaban interminables cargas de obuses, de ametralladoras, gas mostaza: fue un remolino de sangre. Y si de milagro escapabas de uno de esos ataques, al día siguiente los generales franceses te enviaban a atacar otra vez —suspiró con fuerza—. Todavía escucho ese nombre y se me agita el corazón.

—Bueno, Louis, siempre has sido muy sensible…

Elena Ivánovna se interrumpió al ver la mirada terminante que le lanzaba Breton:

—Dejen hablar a Aragon…

Este, que miraba su copa, alzó la mirada azul con timidez. Como si otra vez estuviera en el frente:

—Primero me enviaron a Argonne, donde los alemanes nos atacaron con gas mostaza. Inundaron las trincheras con ello. Porque sobreviví, me enviaron al frente cerca de Champagne: allí nos escoltaron con ametralladoras. Como también salí vivo y los jefes no se podían permitir eso, me enviaron a la batalla del Vesle, un río pequeño que nadie quería ceder al enemigo. Me dieron un permiso de dos semanas y, entonces sí, ahora sí, dijeron los altos mandos, ¿descansaste, Aragon? De regreso al trabajo, gandul, no nos vamos a equivocar esta vez. Y me mandaron al Camino de las Damas.

—Dios —James suspiró.

—Hubo un día en que las explosiones de los obuses me enterraron tres veces. Y como sobreviví, el Ejército francés intentó fusilarme.

—No puedo creerlo —Nancy se cubrió los labios.

Desde su posición en la mesa, Breton la miraba.

—El 6 de agosto de 1918 —asintió Aragon—. Nunca se me va a olvidar, porque mis propios camaradas en el Ejército decidieron que yo estaba muerto y no había manera de hacerles cambiar de opinión. ¿Quieren saber qué es el horror? El día que llegué a esa parte del frente, estaba en nuestro campamento provisional, tratando de comer una sopa: se oyó una explosión, algo vino volando desde lejos, y gotas de sangre cayeron en mi plato y en mi ropa: pedazos de un proyectil mataron al compañero que estaba junto a mí. Nos atacaron por los flancos. La siguiente explosión fue devastadora: el suelo tembló, bajó y subió de nivel, como si estuviéramos en el mar, mecidos por las olas, y no en un valle hecho de tierra, y de golpe, una tonelada de barro cayó sobre nosotros. Moví brazos y piernas con todas mis fuerzas y, gracias a que me hallaba cerca de la superficie, conseguí escapar. Cuando recuperé un poco el oído, comprendí que el cielo seguía zumbando con nuevos proyectiles. Les sobraban obuses a los alemanes. Corrí de regreso hacia el regimiento, pero me alcanzó una segunda explosión: otra vez quedé semisepultado y otra vez luché por mi vida. En esa segunda explosión el cadáver de un soldado cayó sobre mí. Pensé que iba a ahogarme, debajo de la tierra y del muerto, sin poder respirar, hasta que logré zafarme y salir. Estaba exhausto, pero volví a correr, o a tropezar lo mejor que podía, hasta que vi nuestro regimiento. Y ya que estábamos llegando, me alcanzó una tercera explosión. Esa vez, alguien que me había visto me ayudó a excavar y me sacó, porque ya era incapaz de moverme: no podía ni siquiera alzar los brazos.

"Me sacaron más muerto que vivo y me llevaron al punto donde habíamos improvisado el hospital, pero no precisamente a descansar. Pensaba que me darían ayuda, pues me sentía muy mal, cuando un soldado me gritó: '¡Qué bueno que volvió, doctor

Aragon! ¡Es usted el único médico vivo! ¡Y nos están masacrando! ¡Hay que evacuar a los enfermos!'. No hubo tiempo para descansar. ¿A quién le iba a pedir ayuda si el único médico era yo? Tuve que dirigir la evacuación: indicar a los soldados cómo cargar a los pacientes delicados, indicarles qué cuidados tener con los más graves... Como pudimos improvisamos nuevas camillas y llevamos a todos los enfermos hacia una arboleda detrás del campamento. No sé cuánto tiempo estuvimos ahí, porque la ayuda tardó en llegar. Cuando vi que se acercaba una ambulancia, le ordené al soldado que corriera a buscarla, le di instrucciones para vigilar a los últimos enfermos y me quedé dormido de pie, cuando revisaba a un paciente, o me desmayé. Desperté al día siguiente, en el suelo, cuando el soldado me agitó: 'Disculpe, doctor, ¿su nombre es Louis Aragon? ¿El doctor Louis Aragon?'. Le dije que sí, y él se rascó la cabeza: 'Dicen que usted ha muerto'. Me puse de pie y fui a ver una lista que habían publicado en la tabla de avisos: entre los soldados muertos en combate el día anterior algún imbécil muy generoso incluyó mi nombre completo. Fui a ver al capitán de mi batallón y me identifiqué. El capitán, que estaba loco de furia, pues de su propio grupo no quedó vivo nadie, se negó a oírme: 'Eso que usted dice es imposible, Louis Aragon falleció heroicamente, como todos los de su grupo, y ya lo reporté al Estado Mayor; es más: ya lo enterramos ayer'. Y señaló al cementerio improvisado del campamento. 'Pero estoy vivo'. '¿Puede demostrarlo? Su identificación, por favor'. Busqué mis papeles militares, pero en la batalla había perdido el casco, mis armas, la mochila y mi identificación personal. No tenía nada con qué identificarme. El capitán señaló el cementerio: 'Louis Aragon está muerto'. Y se fue. Corrí a ver al coronel, que estaba firmando papeles, muy enojado. Le expliqué la situación y no me creyó: 'Si el capitán dice que Luis Aragon está muerto, fin de la discusión'. 'Si ya estoy muerto, ¿puedo regresar a mi casa?'. El coronel se enojó muchísimo: 'Mire, firmé el fusilamiento de un espía del Ejército alemán y la ejecución de dos desertores: nada me impide firmar la de un tercero, a fin de cuentas aquí tengo un formato en blanco'. Y como me atreví a replicar, me acusó de suplantar la identidad de un soldado caído en combate. 'Si no consigue demostrar su identidad en veinticuatro horas, voy a fusilarlo'. '¡Pero, coronel! ¡Estoy vivo! ¡Perdí mis papeles!'. 'Mire', me gritó él, 'todos los días tengo que reconocer a un traidor, a un espía y a un posible desertor, y ordenar su ejecución para mantener la disciplina; si no fusilo a un traidor a diario no se mantiene la disciplina en el regimiento; póngase en mi lugar y, si sabe lo que le conviene, encuentre a un testigo; ahora, largo de aquí'.

"Busqué al soldado que el día anterior me ayudó a evacuar a los heridos, pero lo habían enviado al frente de nuevo. Estaba tan cansado y todo me parecía tan extraño que fui al cementerio, donde, en efecto, había una tumba y sobre ella una cruz con mi nombre. La toqué y pensé: la madera raspa, me duelen los dedos, si estoy tocando la madera y me raspa, ¿significa que estoy vivo? ¿Aceptará esta prueba el coronel? Si extraño a mi familia, ¿será suficiente prueba de que sigo con vida? Si les explico que quiero ver a mi amada, ¿podré regresar? Luego tuve que atender a los heridos, hasta que, gracias a Dios, enviaron a otro grupo de médicos. Al saber que yo también era doctor me ordenaron que me quedara a ayudarles, siempre había algo urgente y ahí me quedé, pero terminó el día y el coronel me mandó llamar. Llegaron dos soldados: '¿Está aquí el que dice ser Louis Aragon?'. Me llevaron escoltado a la presencia del coronel. 'Te espera un futuro muy negro', me dijo uno de ellos, 'es increíble que alguien trate de aprovecharse de un soldado caído en combate, en medio de esta situación'. 'Yo creo que van a fusilarte para que otros escarmienten', se burló el otro. Yo lloraba de rabia. Y cuando llegábamos a la barraca del coronel, ocurrió el milagro: me topé con el soldado que me había ayudado la noche anterior, pues pasó con su batallón cerca de mí. 'Buenas noches, doctor Aragon'. Corrí hacia él, los soldados que me arrestaban pensaron que pensaba fugarme, no me dejaban alcanzarlo. Le tuve que gritar: '¡Usted, soldado! ¡Soldado! ¡El amigo de Aragon!'. El soldado pidió permiso a su capitán y vino a verme; lo llevé con el coronel y me dejaron en paz.

Aragon alzó su copa y bebió. Muchos de los presentes quedaron boquiabiertos hasta que Breton agregó:

—Y quince días después recibiste la condecoración.

—Sí, la corcholata… Pero esa es otra historia. Me mandó llamar el mismo coronel y me dijo: "A usted lo iba a fusilar y ahora debo darle la medalla al honor". "¿Está hablando en serio, coronel?". Y él me gritó: "¡Póngase en mi lugar, cada mes debo entregar una medalla si quiero evitar que se desmoralice la tropa!".

Todos rieron, menos Aragon, que miró a su pareja:

—Pero desde entonces, mi amor, y de eso han pasado casi diez años, una duda muy grande no ha dejado de crecer en lo más profundo de mi ser: ¿y si el coronel tenía razón y yo estaba equivocado? ¿No podría ser que yo hubiese muerto, en efecto, ese día de agosto, bajo los obuses, y el que está ante ustedes sea un fantasma que imagina su vida futura, la vida que pudo tener? Porque debo confesar que desde ese incidente la vida parece distinta. Si te aseguran que estás muerto y ves tu nombre escrito a mano en una cruz, algo se quiebra dentro de ti. Desde ese 6 de agosto cada día me despierto y me pregunto cuándo, ahora sí, vendrá alguien a decirme que sí, que tenían razón ellos, que están vivos y yo muerto, que solo soy un fantasma, y que me retire de aquí, por favor.

Se hizo el silencio, hasta que Péret comentó:

—Para ser un fantasma, tiene demasiadas corbatas.

—Pero escribe muy bien.

—Bueno, quizás demasiado.

—Sí, demasiado. Muchas novelas. Debe ser el género preferido de los fantasmas.

—Pero no de los surrealistas.

—No, a menos que su líder escriba novelas a escondidas.

Aragon rio y bebió un trago. Nancy lo miraba como si hubiera descubierto que su amante era un ser desconocido para ella, otra persona, o un monstruo.

Al único al que los chistes no le habían hecho gracia era a Breton, que miraba el fondo de su copa en actitud taciturna.

—¡Las cosas que cuentan ustedes para no contar la verdad! Aún no me han respondido, ¿creen seriamente en los fantasmas? —insistió Nancy.

Todos miraron a Breton.

—La pregunta no es si nosotros creemos, Nancy, sino si ellos existen —estalló Aragon—. Hay registros en todas las culturas: el budismo, el judaísmo, la literatura árabe, la griega…

—Esto lo aprendió en los cursos de verano —se mofó Prévert.

—Con su tutora británica —agregó Tanguy—. Es una maravilla el sistema escolar de Inglaterra.

—Hace rato estábamos hablando de esto y ella —Aragon señaló a Nancy— me leyó un pasaje de la Biblia en que Jesús regresa a la tierra después de haber muerto. Se aparece ante sus amigos, una noche oscura como esta, cuando ellos estaban huyendo de la policía política de la época, y cuando sus amigos le preguntan, aterrados e incrédulos, cómo es posible que haya vuelto de entre los muertos y esté allí, Jesús les explica que basta con que dos se reúnan y piensen en una persona para que esta… ¿Cómo decirlo? Regrese…

—Lo cual demuestra que hasta los santos realizaban sesiones espiritistas.

—De eso trata el final de los Evangelios —se rio Tanguy.

—La Biblia dice también que quienes invocan a esos espíritus se meten en problemas. ¿O no, doctor Naville? —Nancy estaba cada vez más agitada—. Espiritismo, hipnotismo: son sólo fraudes.

El doctor Naville carraspeó:

—En París no se considera el hipnotismo fraude o charlatanería. Al contrario: París fue la primera ciudad en acoger con curiosidad científica las ideas de Mesmer en el siglo XVIII; fue ahí que el doctor por fin pudo discutir y aplicar sus ideas en total libertad y sin temor a la censura. Mesmer estudió fenómenos desconcertantes...

—¿Por ejemplo?

—Por ejemplo, ¿cuántas culturas habían sostenido que, así como los calamares proyectan una nube de tinta fuera de sí mismos cuando se encuentran en peligro, también el ser humano sería capaz de proyectar lo que él llamó su "magnetismo animal"? O como decían los seguidores de este científico, su "mesmerismo": una fuerza que puede salir del cuerpo de un ser humano para influir en la salud o el bienestar de otra. Con el paso del tiempo los alumnos de Mesmer han descubierto en París algunas aplicaciones prácticas, sobre todo en lo que respecta al trato con pacientes nerviosos, enloquecidos o fuera de sí. Hace casi un siglo, nuestra Academia de Ciencias fundó una comisión y certificó los alcances comprobables del hipnotismo, pero la ciencia se detuvo ante un tema peliagudo: jamás quiso reconocer que las personas en trance hipnótico pueden desarrollar poderes de clarividencia, de adivinación o de comunicación con los muertos.

—De ahí la importancia de los trabajos que hacemos aquí. —Crevel se integró a la conversación.

—Si usted quiere: no ha sido una batalla sencilla, pero gracias a todo esto ahora se enseña el hipnotismo en algunas cátedras de Medicina, donde de vez en cuando surgen alumnos particularmente dotados para ello, como el buen André.

Las mujeres voltearon a ver al poeta, que estudiaba el fondo de su copa de vino. El silencio respetuoso no duró mucho, gracias a Péret:

—Breton es mejor hipnotista que dadaísta, por ejemplo.

Sin duda Aragon y Éluard se acordaron de alguna canallada del líder, pues alzaron sus copas. Pero la novia de Aragon se inclinó hacia Naville, bastante inquieta:

—¿Y el espiritismo, doctor? Porque, según entiendo, en estas sesiones también han invocado a los muertos.

—El espiritismo es otra cosa. —Naville se limpió los anteojos—. Como disciplina científica, es aún más joven que el hipnotismo. Su estudio serio y sistemático apenas tiene medio siglo de trabajos, contra casi un siglo del hipnotismo. Pero si uno rastrea en la literatura universal y en el arte... parece haber señales de que el hombre intentó hablar con los muertos desde que la humanidad comenzó.

—¿Por ejemplo, en el antiguo Egipto?

—Mucho antes: los egipcios aprendieron eso de los caldeos. Y mientras tanto, griegos y latinos también creían en ello. Más de un tirano mandó matar a un joven e incluso a una doncella para comunicarse con sus espíritus y pedirles que atisbaran al futuro. Ulises y Eneas, los más grandes héroes de esas culturas, tuvieron que descender al inframundo para hablar con un adivino que había fallecido tiempo atrás.

—Pero esas son ficciones —reclamó Nancy.

—Las mismas ficciones que mencionan Aristóteles y Platón. Revisa el *Teeteto*, allí Platón cuenta cómo Sócrates aseguraba que su genio adivinador personal se le apareció y le reveló numerosos consejos urgentes que debían seguir sus amigos... Desafortunadamente, ninguno oyó los consejos del filósofo, y tanto los amigos como el mismo Sócrates murieron en circunstancias violentas. También Petronio cuenta el caso de niños robados por hechiceros para matarlos e invocar a sus genios. Y en *La metamorfosis*, Apuleyo reconoce que los demonios del otro mundo pueden actuar sobre un hombre hasta dominarlo y alterar su naturaleza en general. En Europa, las prácticas para hablar con los muertos llegaron a ser tan comunes y ligadas a tantos delitos que en la Edad Media se condenó a muerte a todo aquel sospechoso de brujería o de hablar con demonios y otros espíritus. Algo habrá de cierto, algo serio debe haber en el fondo de todo esto, por ser una necesidad humana tan antigua y arraigada... Es una lástima que algunas tradiciones sorprendentes hayan quedado en el olvido... pues hubo cosas en el pasado que fueron desdeñadas, y que ahora tomamos en serio.

—Me está asustando, doctor. —Nancy se llevó una mano al cuello—. ¿No lo estará inventando todo?

—Claro que no, regresemos al caso de los egipcios. En todas las culturas que los rodeaban hay testimonio de lo avanzado que estaban en cuanto a las artes ocultas se refiere. Cuando Moisés y otros profetas fueron a discutir con el faraón y a tratar de atemorizarlo con la magia de Yahvé, eso no logró impresionar para nada al tirano, porque sus brujos y adivinos eran capaces de lograr fenómenos muy similares: Moisés podía tirar su bastón al suelo y convertirlo en serpiente, o tocar el agua de una fuente y transformarla en sangre, pero también podía hacerlo hasta el más joven de los sacerdotes del faraón. Los hebreos, que reconocen la existencia de adivinos a lo largo y ancho del Antiguo Testamento, fueron los primeros en prohibir y combatir estas costumbres... Recuerden lo que dice el Levítico: "Que no se encuentre en el pueblo quien recurra a agoreros o encantadores, ni quien consulte a las pitonisas o a los vaticinadores, ni quien pregunte la verdad a los muertos, porque todas estas cosas el Señor las aborrece".

—Y, sin embargo —apuntó Crevel—, la Biblia se contradice. Recuerden lo que dijo Jesús antes de reunirse con su Padre: les promete a sus discípulos que a partir de entonces, si se reúnen dos o más en su nombre, él estará ahí, con ellos.

Ahora sí, el silencio podía sentirse como un golpe de viento frío, casi helado, que acariciaba nuestras espaldas.

—En conclusión —susurró Breton—, bastaría que unos cuantos pensemos en un ser muerto para que se manifieste. Sobre todo hoy, pues estamos aquí las mismas personas que estaban reunidas cuando *ella* se manifestó, hace unas semanas.

Se produjo un rumor general. Así que a eso se debía la urgencia del poeta en reunir a sus colegas.

—No lo van a hacer, ¿verdad? —preguntó Nancy—. No me digan que van a invocar aquí a ese fantasma terrible.

Nancy miraba a Breton, pero este no respondía.

—No me parece prudente —sentenció Victoria, y se cubrió el cuello con una mascada.

—¿Están hablando en serio? —Lo acorraló Nancy—. ¿Breton? ¿Vas a invocar a esa cosa que intentó matarte?

—Para eso venimos aquí. —Sonrió André—. Síganme todos, por favor.

—¿A dónde?

—A la sala que está al final del Manoir, en la sección derruida.

Cuando la mayoría de los presentes se preparaban para salir, Breton me dedicó una mirada burlona:

—No me diga que no vendrá con nosotros, señor reportero…

17

Llamando a los espíritus

Por lo que yo había advertido hasta ese momento, en la mayoría de las sesiones espiritistas se apagaba la luz en un cuarto cerrado y los presentes se tomaban de las manos, concentrados en invocar a un muerto particular; al menos ese era el método más difundido. Con Breton era distinto: según me explicó el doctor Naville mientras nos desplazábamos, el poeta hundía en un sueño profundo a través de la hipnosis al más maleable de sus colegas y le daba una serie de instrucciones que le permitían explorar las profundidades del inconsciente. Una vez allí, le ordenaba servir como médium, una especie de puerta, y traer a un invitado concreto desde el más allá. Durante meses el mejor médium del surrealismo fue Robert Desnos, pero desde la noche del cuchillo Breton prefería hipnotizar a Crevel.

El lugar no podía ser más propicio: aunque la enorme sala central del castillo había sido reconstruida, no le habían instalado una iluminación eléctrica apropiada, de manera que la única luz provenía de las velas encendidas sobre la mesa. Unas cuantas espadas herrumbrosas y restos de otras armaduras, sobre todo cascos y guantes metálicos, colgaban de las paredes. El aire se sentía espeso y frío; aunque había dos ventanas, se hallaban cerradas y clausuradas con candados, de modo que persistía un olor muy fuerte a encerrado.

—Siéntense —ordenó Breton—. Y piensen en lo que vieron la última vez que nos reunimos. Tú, René, siéntate junto a mí.

Breton señaló dos sillones ubicados frente a la cabecera de la mesa.

—No deberías trabajar con René —susurraba Prévert—. ¡Ve cómo lo afecta! ¡Ve cómo se pone en tensión!

—¡Silencio! —ordenó el poeta, y tomó de ambas manos a Crevel.

Antes de que pudiéramos advertirlo, Breton dio un ligero jalón a la diestra del joven, y los ojos de Crevel se cerraron. Un instante después, sus brazos y sus piernas se relajaron y la calma se extendió por el resto de su cuerpo. Luego de comprobar que no reaccionaba ante diversos estímulos, como acercarle un cerillo encendido a las manos, Breton se inclinó sobre él:

—René, has comenzado tu viaje, vas a ir al otro mundo a buscarla a ella.

—Estoy ahí... Estoy llegando... Veo...

Se podía sentir la tensión que se apoderó de todos los presentes.

—¿Qué ves?

El rostro de Crevel se levantó un poco.

—Veo... a un policía... recién muerto... Su nombre es Escarlata, o Rojo, quizás Bermellón. Su nombre tiene el color de la sangre... Viene a advertir el peligro a uno que se halla en esta habitación... Dice que esa persona no está preparada para enfrentar lo que sigue...

Breton nos recorrió a todos con la mirada:

—¿Eso tiene sentido para alguien aquí?

No dije nada, aunque mi colega, el agente Le Rouge, fue asesinado hacía pocos días.

—Déjalo ir, René. ¿A quién más ves por ahí?

—Veo a un poeta... Es Guillaume.

—¿Guillaume Apollinaire?

—Es él...

—¡Apollinaire!

Breton no permaneció impasible.

—¿Cómo sabemos que es el verdadero Guillaume? Pídele que lo demuestre. ¿Cuál era su nombre completo?

—Wilhelm... Albert... Włodzimierz Apolinary... Kostrowicki...

—Ese nombre lo sabemos varios aquí. Que diga algo que solo puedan saber él y uno solo de los presentes.

Crevel se retorció en el asiento:

—Te dedicó su libro, Breton… Poco antes de morir… Fuiste a despedirte de él, en su lecho de muerte, y te dedicó su libro con estas palabras: "Para Breton, el día de mi trepanación".

Breton abrió los ojos por un instante y logró contenerse:

—Es correcto… Pregúntale qué sucedió la noche del cuchillo… ¿A quién hicimos venir a este mundo?… ¡Los demás no se muevan!

Crevel sonrió, y su voz sonó más grave. Como si otra persona, quizás el mismo Apollinaire en persona, hubiera entrado al cuerpo de Crevel:

—A la muerte misma, Breton. Invocaste a la muerte en persona.

Hubo una agitación general, y Breton carraspeó:

—Guillaume, si eres tú, responde: ¿quién es ella? ¿Es una mujer?

—Tú sabes quién es. La viste caminando hacia ti…

—¿Va a atacarnos?

—…

—¿A quién atacará primero?

—…

—¿A uno de nosotros? ¿Alguien va a morir?

—…

—¿Será Naville?

—…

—¿Será Aragon?

—…

—¿Será Ernst?

—Él tendrá que correr por su vida o lo matarán.

—¿Será Buñuel?

—Buñuel morirá en el extranjero.

—¿Será Péret?

—Péret verá que llueve el metal sobre él.

—¿Será Aragon?

—Aragon reposará en el campo.

—¿Qué va a pasar, Guillaume? ¿Qué va a pasar?

—¿Seré yo?

Al oír esto, Crevel se revolvió en la silla y golpeó ambos puños contra la mesa. Luego adoptó una sonrisa que provocaba escalofríos y miraba a Breton.

—¿Quién me ha buscado?

Breton se esmeró en adoptar un tono de voz muy suave y le preguntó:

—¿Quién eres tú?

En este momento, el hipnotizado se levantó, con los ojos abiertos:

—Es La Mujer Desnuda. Viene por ti…

Y Crevel se desplomó en el sillón. En ese mismo instante, Elena Ivánovna gritó y dejó caer una copa. Todos miramos al fondo del salón.

—¡Qué horror!

—¿Qué es eso?

Al fondo del salón, una mujer vestida con solo una bata de seda roja nos observaba y sonreía. Su sonrisa no era linda ni amable. Aunque no podía distinguirla con nitidez, mientras más la miraba más me convencía de que no estaba sonriendo, sino mostrando los dientes.

Entonces sucedió lo extraordinario: la mujer flotó. Se elevó con la misma facilidad con que se hubiera elevado una pluma, y flotó lento, muy lento hacia nosotros. El grupo estaba aterrado. Cuando estaba o parecía estar a dos pasos de la mesa, a algunos de los presentes se les cayó la quijada. Dalí cerró los ojos y quedó así, temblando; la marquesa Casati palideció; Duhamel se desmayó y se hubiera golpeado la cabeza contra la mesa de no ser porque Masson consiguió detenerlo.

La recién llegada recorrió con la vista a los que estaban más cerca de ella. Miró a Lisa, a Crevel, luego al pacífico Drieu La Rochelle y les espetó:

—Tú arderás en el fuego… Tú morirás por tu mano… Tú traicionarás a los tuyos y después te darás muerte: tres veces lo intentarás hasta lograrlo…

Al ver a Nancy se detuvo:

—Tú eres una vasija vacía y agrietada; quieres que los otros te llenen. Jamás será así, y seguirás maltratando a la gente hasta que perdones a tu papá o hasta que la gente se canse de ti y la vasija se quiebre… Pero falta alguien más. ¿Dónde están los demás?

La aparición nos dedicó una sonrisa en la que podían verse sus grandes colmillos, giró la cabeza un poco y al descubrir a Breton le apuntó con un dedo:

—Tú me llamaste primero. Hoy vas a morir.

Y la figura flotó hacia el poeta.

Fue entonces que se terminó la sesión. En un intento por protegerse, Breton tiró el sillón y cayó de espaldas. El resto de las bancas salieron disparadas, y los surrealistas corrieron por el pasillo.

En ese instante me puse de pie y corrí a levantar al poeta.

La aparición se acercó, mostró sus uñas y, cuando pensé que iba a atacarnos, se detuvo como si hubiera visto a alguien tras de mí, y salió por la ventana de cristal sin necesidad de abrirla. Un resplandor blanco, ágil como un ave nocturna, se deslizó hacia el bosque.

—¡Corra! —dijo Breton—, ¡no la deje escapar!

Yo tomé una banca, rompí el cristal de la ventana y salí tras la aparición.

18

Cómo vi a la Mujer Desnuda cuando entraba en el bosque

Corrí entre los árboles hasta que oí un grito. Atravesé la carretera y llegué frente al Bar de los Ciervos. Una mujer miraba a un hombre herido que yacía sobre el asfalto. Un río de sangre salía de su pecho. La aparición flotaba sobre él, como si se deleitara en ello, cubierta por la bata de seda. Al verme desapareció por el callejón y dejó tras de sí un resplandor blanco.

—¡Auxilio, auxilio! —gritaba la mujer.

—¿Tú otra vez por aquí? —el Ladrillo y Jules, recién salidos del bar y me miraron boquiabiertos.

—¡Él no fue! —les gritó la mujer— ¡Se fue por ahí! ¡Se fue por allí!

Corrimos al callejón. Aún alcanzamos a ver cómo el resplandor blanco saltaba una enorme valla, demasiado alta para que un hombre la trepara de un salto.

—¡Se va a escapar! —gritó Jules.

—¡Álzame! —le ordené al Ladrillo.

Este comprendió y cerró las dos manos. Puse ahí mi pie y me hizo saltar. De milagro no me quebré un hueso al caer del otro lado. Al fondo, una figura blancuzca se desplazaba hacia un grupo de pinos. Detrás, lo comprendí en ese instante, estaba el cementerio marino, y corrí tras ella.

Enloquecidos al paso de la aparición, los perros de cada granja cercana ladraban hasta enloquecer. A medida que me acercaba al cementerio, los escuchaba cada vez más cerca de mí. Ladraban contra la luna, que se escondía tras las nubes; contra la proximidad del acantilado; contra la cosa horrible que había pasado cerca de ellos y que, sin duda, era una promesa de muerte para sus dueños; ladraban por último contra mí, que corría tras el fantasma, asustado, y quizás, a sus ojos, pasaba por un siervo de la horrenda aparición. Corrí hasta que tuve un presentimiento y di media vuelta: la luz de la luna me permitió ver una jauría de perros que se acercaba. Un segundo antes de que llegaran, me trepé al primer muro de piedra a mi alcance, el que delimitaba el cementerio: la jauría saltaba con furia hacia mí. Incapaces de alcanzarme, pero furiosos, sus gruñidos crearon un concierto de horror. Sus aullidos me helaron la sangre, convencido de que el siguiente en gritar sería yo.

En eso, un enorme sabueso negro consiguió trepar hasta la parte del muro en la que yo me encontraba. Comprendí que nada podría detener a ese monstruo, y que pronto sería su vida o la mía, así que le apunté con el arma. Pero antes de que pudiera dispararle, el perro negro gruñó al resto de la jauría y arremetió contra ella. El enorme sabueso saltó hacia el más grande de los animales, lo agarró por el lomo y le dio la zarandeada de su vida, para luego arrojarlo contra la manada. Repitió el tratamiento con otro valiente que se atrevió a morder una de sus patas y lo arrojó contra el muro. Hasta entonces la jauría pareció despertar de un largo sueño y cobrar conciencia del peligro. Por un instante me pareció ver a un hombre con una armadura, ahuyentando a los animales, pero esa visión se desvaneció y en su lugar sólo quedó el sabueso negro. Mientras los perros le gruñían con recelo, aproveché el desconcierto para saltar al cementerio.

Cuando creí que había perdido la pista reparé que en el suelo se notaba aún esa luminiscencia que la figura iba dejando a su paso y caminé con precaución hasta que volví a verla de nuevo. La Mujer Desnuda, que estaba de pie ante una de las tumbas, me miró y avanzó hacia la puerta trasera del cementerio. Por más esfuerzos que hice por alcanzarla, ella cobraba ventaja sin ninguna dificultad: pasó a través de la puerta sin abrirla, avanzó hasta el borde de la colina y bajó por los acantilados en línea recta, como una araña. Le disparé tres veces, pero las balas no parecían tocarla. Vi un sendero próximo que conducía a la playa y corrí a alcanzarla.

Nadie me había preparado para lo que iba a suceder. Al mismo tiempo me sentía hipnotizado, como si la aparición ejerciera una especie de atracción irresistible sobre mí.

Por momentos la perdía de vista, pero si me fijaba bien en las rocas, distinguía una especie de llamas muy tenues, de color blanco, que se estremecían y ondulaban. Entonces sabía que ella había pasado cerca y apresuraba mis pasos.

A medida que perdía y recuperaba el aliento me preguntaba cómo la iba a detener si lograba alcanzarla.

Cuando llegaba a la base del acantilado vi su figura blancuzca caminar junto al mar. A lo lejos, las enormes nubes de tormenta, listas para estallar, se acercaban a la costa.

Distinguí la angosta franja de playa, que las olas pintaban de negro. Intenté caminar sobre las rocas, pero resbalé con el lodo y caí unos cuantos metros por la falda de la colina.

Cuando me puse de pie, ella dio media vuelta y vino hacia mí. Su bata se agitaba en muchas direcciones distintas, como si tuviera brazos diminutos. Parecía un ser vivo enorme, una especie de ciempiés gigante, que no se detendría por nada. Escuché un sonido horrible; la sangre se me heló cuando comprendí que era la voz de la aparición:

—Tú me comprendes, puedes verme, hablas mi idioma, eres un vigilante. ¿Y bien? ¿Por qué me has seguido hasta aquí? ¿Qué quieres saber?

Algo más grande que mi voluntad me empujó a responderle:

—¿Quién es usted? ¿Qué hace aquí?

—Yo también fui hija de un hombre y una mujer. Pero no soy un fantasma: ese tiempo ya quedó atrás, como atrás ha quedado mi vida. Ahora la tempestad rabiosa y el mar nocturno son imágenes de mi corazón. Me preguntas quién soy y yo te contesto: soy el buitre que va a comer tu cuerpo, el tiburón que va a triturar tus costillas… mis manos son olas que se sienten pero no se ven, como las corrientes invisibles, el oleaje brutal que no cesa… Tú me preguntas quién soy porque no me habías visto, pero yo a ti te conozco.

—¿Qué?

—Te vi en París, en el cementerio, cuando el jabalí te atacó; te vi en el Jardín de la Luna, cuando tu amigo cayó por tierra: yo estuve ahí, bebiendo su sangre. Y te visité en el hospital, cuando estabas enfermo. Yo era el viento helado que sentiste en la cama. Tus pesadillas. El dolor que no cesaba. Iba a llevarte conmigo, pero la maga te protegió: no te dejó un minuto a solas, me ahuyentó con sus conjuros. Entonces no podías verme, pero tuve tiempo de verte. Por eso fui a prepararme. Me volví más fuerte. Bebí sangre. Me he vuelto mejor, ya no soy un espíritu. Y por eso nuestra historia terminará aquí. Mira cómo han crecido mis uñas.

—Deténgase.

—¿Cómo podría detenerme? ¿Puedes quitarle el peso a la piedra o el agua al mar? No puedes ignorar las leyes que me permiten vivir. Quisiera reírme de tus palabras, pero si yo lo hiciera te aterrarías, pues mi risa no se parece a la tuya. Ahora voy a comerte, luego esconderé en el mar mi tristeza infinita, y después volveré a tu ciudad. La que llamas París.

—¿Qué… qué va a hacer en París?

—Iré a beber la sangre de los vivos. Allí, comeré a la gente de tu ciudad, que me hizo tanto mal cuando tenía un cuerpo. Y llamaré a mis hermanas. La puerta que abrió el poeta es muy amplia: muchas podrán pasar.

—¿Usted mató a los dos magos?

—A la pareja junto al río y al hombre que hallaron en el campo también.

—No debió hacerlo.

—No debemos comer a los vivos. Es una regla antigua. La Ley de las Doce Tablas. Los romanos la inventaron. Querían enterrarnos fuera de la ciudad, para que no pudiéramos encontrar el camino de vuelta. Yo no pensaba volver, pero el poeta me llamó y aquí estoy otra vez. Tuve hambre y hallé a los magos. Ellos podían verme. Como tú.

Me faltaba una pregunta, y la hice, aunque la aparición estaba cada vez más cerca:

—Mariska, la maga de Hungría. ¿La tiene usted?

—Ella se oculta de mí, pero no se podrá esconder para siempre. Beberé tu sangre y después la del poeta, para que muera y deje abierta la puerta. Entonces iré por tu amiga y beberé su sangre también, que es especial. Ese día llamaré a mis hermanas y volveremos a París, donde ya estuvimos antes. Cambiará todo: las calles serán más oscuras, no deberemos esperar a la noche. Bastará con tres o cuatro de nosotras para someter tu ciudad. Y no intentes huir, no puedes moverte, porque hasta ahora has sido un títere mío, al igual que tu jefe. El falsificador de papeles, la llegada de Los Jabalíes, todo lo organicé yo para que no me vieran llegar. Sé distraer a los vigilantes. Todo lo que ocurrió era necesario para que yo regresara. Pero hemos hablado mucho, ahora quiero beber.

Saqué el amuleto de mi abuela. Ella se detuvo un instante:

—Tienes el Fuego del Nilo… Pero no veo que sepas usarlo. ¿Aprendiste el conjuro contra mí?

Estaba tan asustado que no me salían las palabras. Ella sonrió, si podemos llamar sonrisa al instante en que te muestran los dientes antes de lanzarse sobre ti.

—No lo sabes, ¿verdad? No aprendiste bien la lección de tu abuela. Por eso, porque te faltan las palabras, antes de probar la sangre del poeta probaré la tuya.

La aparición dio un paso adelante y sonrió:

—Uno de mis guardianes está aquí conmigo. Ya me ayudó antes a atacar al hombre en el campo: le arrancó las piernas y los brazos. Hoy va a matarte para que yo pueda beber.

En eso, una figura atravesó a la aparición, las garras en ristre, y, de un revés, me cortó el pecho.

Era uno de Los Jabalíes. Vestía un traje azul, pero las garras y el rostro no eran los de un ser humano.

Saqué el revólver y disparé a su pecho. Él repitió el ataque.

Sentí un impacto y un ardor muy fuerte en el antebrazo y disparé una vez más antes de que mi arma saltara por los aires. Me pareció que la aparición se encendía en llamas, hubo una luz muy fuerte, y me desmayé.

19

Poesía y policía

Desperté porque me sacudían mis colegas:

—Mira lo que encontré: un inútil dormido en medio de una misión.

Jules revisaba mi arma, recién disparada. No parecía muy contento.

—Carajo, Le Noir, ¡tienes mucho qué explicar!

Y luego de palparme, gritó:

—¡Está herido!

—El hombre… ¡Deténganlo, que se va!

Mi atacante reptaba en dirección del sendero, justo donde la oscuridad se volvía absoluta. Era el jabalí, sin fauces ni garras, transformado en hombre, que se arrastraba penosamente.

El Ladrillo lo detuvo de una patada.

Vi que el talismán estaba tirado a mi lado; estaba tan caliente que quemaba. Lo tomé y lo apreté con fuerza. Entonces me desvanecí.

Como ya he dicho antes, las pesquisas en la provincia suelen ser más lentas que en París. Según me explicaron los colegas, el mismo sujeto que mató a Arno Trevor, al cual ellos habían seguido hasta el Bar de los Ciervos, me hizo el honor de golpearme con la manopla que usaba para atontar a sus víctimas antes de matarlas con un arma cortante no identificada. Por fortuna alcancé a dispararle.

—Tuviste mucha suerte, Le Noir. Detuviste al Merodeador de Dieppe, como lo llaman los tabloides. Sus papeles indican que era alemán, militar retirado: Karl Koch. Tenía un tatuaje de jabalí en una de sus muñecas: un trabajo muy raro, que no parece la tinta habitual de los tatuadores. Atacó a una pareja y a dos borrachos, pero ya no se levantará de su tumba. Si no te molesta, ¿podríamos indicar que su detención fue una labor en equipo?

—No sé qué haría sin ustedes —asentí.

—¿Por qué no vas a descansar al hotel? Si tú gustas, podemos hacernos cargo del reporte a partir de aquí.

—Adelante, colegas. —Podría apostar que pensaban excluir mi nombre del documento y que le darían todo el mérito a cierta pareja de detectives parisinos aficionada a pelear con sus compañeros.

—Ey, ey —dijo el Ladrillo—. Hay una cosa que no entiendo. Cuando te alcanzamos había una cosa inclinada sobre ti… Una especie de buitre blanco que flotaba sobre ti y te picoteaba. Cuando disparaste contra el sujeto, fue como si el buitre entrara a tu cuerpo.

La joya de mi abuela seguía muy caliente. La envolví en un pañuelo y la guardé de nuevo en mis ropas.

—No tengo idea —Sonreí al Ladrillo—. Quizás viste un fantasma, colega.

Él tartamudeó un poco antes de replicar:

—N-no c-creo en los fantasmas. Debe haber otra explicación.

—¿Llevabas una linterna? —preguntó Jules.

—La perdí en algún momento.

—Mientras corrías, delante de ti se veía una luz blanca, muy inestable. Tú corrías detrás de ella. Vaya que corres deprisa.

Los colegas me lanzaron la mirada inquisitiva del que no ha comprendido absolutamente nada.

—Vine aquí a vigilar a un sospechoso: una mujer o alguien disfrazado de mujer entró al Manoir, atacó a los presentes y huyó. Salí tras ella, escuché gritos en dirección del Bar de los Ciervos, llegué cuando el Merodeador o alguien más acababa de atacar a la víctima, supongo que mi presencia lo disuadió, y corrió hacia el mar. Eso es todo lo que puedo decir.

—Con eso bastará —asintió Jules.

Cuando volví al hotel, a la mañana siguiente, mi traje estaba hecho un desastre. Por más que lo intenté, no conseguía despintar las manchas blancuzcas que habían aparecido sobre la tela. Parecía que alguien hubiera rociado con pintura lumínica tanto el saco como el pantalón y buena parte de la corbata. No se trataba de una pintura blanca convencional: estaba muy lejos de ser el típico colorante barato con que los falsos médiums rociaban a los asistentes a sus sesiones. Era una sustancia verdosa que manchaba los dedos y refulgía en la oscuridad. Y aun si fuera posible limpiarla, los cortes en la camisa y las solapas no se iban a quitar en esta vida.

Luego de cambiarme de camisa bajé a la sala por un café. Para mi sorpresa, el gran espacio se hallaba casi vacío. No era de extrañar: después de lo ocurrido la noche anterior, pocos se aventuraban a comer en la sala, y no sería raro que durante un largo tiempo ni siquiera los heroicos empleados se animaran a usarla. Esa mañana apenas se hallaban ahí unas cuantas personas, entre ellas Edward James y su esposa, felices de verme llegar:

—Muy valiente su intervención de ayer. Muy valiente y muy oportuna.

Mientras estrechaba sus manos, Buñuel y Crevel y la pandilla de la calle del Castillo me saludaron con gestos casi imperceptibles desde otra mesa lejana: se veía que la fiesta les estaba pasando la cuenta.

—Nos vemos en París —Buñuel gritó en español—. Tiene que contarme todo lo que pueda sobre los fantasmas.

En la sala de recepción, el gerente y Suzanne habían improvisado distintas mesitas para el desayuno. El resto de los viajeros se encontraba ahí. Quien no se caía de borracho o por el desvelo hacía esfuerzos por desayunar algo. Luisa Casati, Salvador Dalí, los Magritte, Drieu La Rochelle y Victoria Ocampo mordían sus croissants y bebían todo el café que podían. Con ellos estaba el joven Villa-Matta o Vilamatoa, no recuerdo su nombre.

—Estoy por partir.

—Buena suerte en Montevideo, entonces.

Mientras Éluard pagaba la cuenta en recepción, Elena Ivánovna hablaba con Ernst y su esposa en una mesa, y en otra cercana Aragon y Nancy se insultaban. De repente la voz de la millonaria subía de tono:

—¡Otelo! ¡Poco hombre! ¡No me comprendes!

Le pregunté a Meret, que fumaba un cigarro apoyada en el umbral de la salida, a qué se debía tal escándalo.

—Uf… no fue uno, fueron tres escándalos…

—¿Qué pasó?

—Nancy siguió bebiendo cuando te fuiste. Nadie pudo detenerla. Primero dijo que estaba aterrada y tomó sin parar; luego vimos que ya no estaba asustada, sino... digamos, apasionada, y coqueteó con todo el mundo delante de Louis, pero en particular con Breton, que tampoco dejó de beber ni de temblar. ¡La aparición del espectro lo dejó deshecho! Nancy exigió que le abrieran una enésima botella de cognac y se sentó a beberla con Breton. Aragon le reclamó su actitud; ella le gritó que no tenía derecho a reclamarle, que desde el principio sabía muy bien que ella no era de las mujeres que se contienen si les apetece disfrutar de otro hombre. Aragon respondió que entonces ella no debería exigirle total devoción a él. Nancy replicó que la devoción de Louis no era tanta si escribía poemas para sus exparejas, y Louis arrojó la copa al suelo. Se fue cada quien por su lado y ella se metió en la habitación de Breton.

—¿Durmieron juntos?

—No tengo pruebas —dijo—, pero, a juzgar por el ruido que hicieron, no durmieron mucho.

—¿Y qué hizo Aragon?

—Trató de ligarse a Denise, la pareja del doctor Naville, pero ella lo mandó a volar, así que tomó otra botella de vino y se encerró en su cuarto, supongo que a platicar con sus dos mil corbatas. Esta mañana sus amigos fueron a asegurarse de que estaba bien y descubrieron que mientras todos estaban dormidos él prendió la chimenea y quemó su novela... La más gorda de todas.

—¿Qué? ¿*La defensa del infinito*?

—Con sus mil quinientas páginas.

—¿Estás segura?

—Sí. Pero se quedó con la otra, el *Tratado del estilo*. Aragon puede rechazar el infinito, pero no el estilo. Para entonces Nancy ya había regresado a la suite que compartía con él, comprendió lo que pasaba y le dijo que parte de esas páginas le correspondían, que eran inversión suya, que eran un homenaje a su vida, porque la protagonista era ella, y trató de salvar el manuscrito de las llamas. A todos nos despertaron esos gritos. La mitad del infinito se quemó, la otra mitad se la llevó la millonaria. Como dijo Drieu, eso demuestra que hasta el infinito tiene un final.

Mientras Nancy farfullaba, Aragon se puso de pie y se volvió hacia Éluard:

—¿Hay lugar en tu coche? ¿Puedo irme contigo?

—Sí. Vente, campeón —musitó Éluard.

—Voy por mis maletas.

Aragon fue a la recepción, tomó sus maletas de manos del chofer de Nancy y las cargó hasta la mesa de Éluard.

—Estoy listo.

Nancy, boquiabierta, apagó el cigarrillo con violencia, se puso de pie y caminó hacia la salida. El chofer, que cargaba sus maletas, se apresuró a alcanzarla.

Cuando pasó junto a mí, Aragon se detuvo y examinó mi vestimenta:

—Viejo, ¿qué te pasó? Salimos a buscarte. Duhamel, Péret y yo corrimos hasta el pozo, pero no te encontramos... Oye, parece que te caíste en un tanque de harina. ¡Este traje ya no sirve!

—Espero que se pueda limpiar.

Era el único traje que tenía por entonces.

—¿Qué talla eres? Ven aquí.

Abrió su maleta y sacó un saco y un pantalón, impecablemente planchados, de color azul oscuro.

—Estos me los regaló Nancy para venir aquí y yo creo que acaban de hallar al usuario adecuado. ¿Tienes otra corbata?

—Tenía —Porque la mía estaba hecha jirones.

Se inclinó de nuevo y me arrojó una camisa y una corbata en azul de otros tonos, las dos muy bonitas.

—Es un regalo. ¡Qué valiente fuiste ayer! ¡Saliste a perseguir esa cosa tú solo! ¿Qué fue todo eso?

Miré al gerente, que tartamudeó:

—Eh... en las últimas semanas... ha habido un grupo de vándalos que han intentado entrar al Manoir. Se disfrazaron para asustarnos, y vaya que lo consiguieron.

—¿Es cierto, Le Noir? —Aragon me increpó.

—Vándalos con antecedentes penales. Es lo que dijo la policía.

El poeta no me creyó por completo, pero ya no le expliqué más, porque ni siquiera las personas más abiertas y sensibles están preparadas para hablar de las cosas que saltan entre un mundo y el otro.

Cuando estaba a punto de irse, Aragon se rascó el cabello y musitó:

—Eh, Le Noir... Ayer le quería decir algo sobre cierta amiga que tenemos en común...

—¿Qué quiere decir?

—Un hombre no tiene nada mejor, más puro y más digno de ser perpetuado que su amor... A veces es difícil, pero es lo mejor que tenemos. No hay amor sin dolor, las cosas que valen la pena viven de nuestras lágrimas.

—Lamento su discusión con Nancy.

Se dio media vuelta:

—No estoy hablando de Nancy, por Dios...

Entonces comprendí a dónde iba:

—¿Usted sabe dónde se encuentra Mariska?

Sacó un papel y escribió una dirección:

—Tal vez allí podrán ayudarte.

Miré la dirección, que me resultaba conocida:

—Oiga, Aragon: según usted, ¿todos los amores terminan mal y son tristes? ¿No hay amor feliz?

Lo pensó dos veces. Vaya que lo pensó:

—Por lo menos los míos sí. Hasta ahora, sí... Esperemos que no sea la regla.

Cuando ya se iba, Aragon se topó con Breton, que venía bajando por las escaleras. Se miraron. Aragon se acercó al líder del grupo y le espetó:

—Era la primera vez en mi vida en que me sentía totalmente feliz. Y tú lo ignoraste.

—Estaba aterrado, no quería dormir solo.

—No parece que hayas dormido mucho.

—Si así fue —Breton se encogió de hombros—, ¿por qué habríamos de limitarnos? ¿No juramos buscar la libertad absoluta?

Aragon también buscaba esa libertad, porque ese día le dio un puñetazo recto a Breton.

El poeta trastabilló y cayó de espaldas. Una vez en el piso se limpió la sangre de la boca y respiró hondo:

—Por favor… esto es ridículo…

Aragon le apuntó a la cabeza:

—Te quedarás solo, con tus manifiestos.

Y antes de que pudiera replicar, tomó sus maletas y salió con Éluard.

Por un minuto, Breton se veía tan vulnerable como un ave que sale del cascarón, pero se recompuso muy pronto. Antes de que lo ayudara a ponerse de pie ya estaba diciendo:

—Creo que es tiempo de iniciar esa famosa encuesta sobre la sexualidad. El grupo la necesita, nuestras ideas son muy pobres en esa materia… Tenemos mucho que aprender. Aceptamos los ideales, pero sufrimos al ponerlos en práctica. Lo mismo que pasó con el comunismo. —Suspiró.

—Me lo imagino. Debo dejarlo, tengo que volver a París.

Miré mi reloj: el tiempo que me dio el comisario estaba por terminar. Debía apurarme si quería tomar el tren de la tarde.

Cuando fui a pagar la cuenta a la recepción, vi que una de las personas que más me habían impresionado escribía en el libro de invitados. Con tinta verde.

Me acerqué y le devolví la pluma que había encontrado la noche anterior:

—Creo que esto le pertenece…

Elena Ivánovna miró la pluma y sonrió:

—¡Muchas gracias! No sabía dónde la perdí. Es una de mis plumas favoritas. Siempre escribo en tinta verde.

—Como bien sabe el comisario McGrau…

Y al ver mi expresión, fue como si le hubiera caído encima un balde de agua fría:

—Usted sabe, ¿verdad? ¿Conoce a McGrau?

—Así es. No se preocupe, su secreto está seguro conmigo.

—Aunque él hable mal de mí, Breton me preocupa. Lo aprecio mucho, y en estas semanas varias veces temí por su vida. Temí que él atentara contra sí mismo o que sus enemigos lo atacaran. Hablé con sus amigos, pero nadie me tomó en serio; cuando me cansé de alertarlos busqué ayuda en otras oficinas… la Nocturna, usted sabe de qué hablo… Sé que si ellos se enteran de que me acerqué a la policía, el odio que me tienen va a crecer, ¡pero tenía que hacerlo, por la seguridad de mi amigo! A veces hay que jugar un papel muy duro, que nadie va a entender: el papel de malvada.

—Me lo imagino.

La rusa encendió un cigarrillo:

—¿Lo mandaron a usted a cuidarnos?

—Tuve ese honor.

—Hicieron bien. Debo irme, Paul me espera en el coche.

—Adiós, Elena Ivánovna.

—Llámeme Gala, por favor. Como aquellos que me quieren.

Sus ojos de lapislázuli brillaban con la luz de la mañana. Me besó y caminó al auto que ya la esperaba.

Pensé que me había quedado solo, pero un deslumbrante auto plateado se detuvo junto a mí. Un hombre muy delgado, de traje cruzado, asomó por la ventanilla:

—¿Quiere que lo llevemos a la estación de tren, señor reportero? —me preguntó el poeta Edward James—. ¿O va hasta París? Porque hay lugar en mi coche.

El chofer colocó mi maleta en la cajuela y subí junto al millonario y la bailarina.

20

La frase mágica

El chofer me dejó a toda prisa cerca de la jefatura. Una tormenta nos venía pisando los talones: adiós, Normandía; hola fría y lluviosa París.

—Nos veremos muy pronto —gritó James cuando arrancaban.

Entré a las oficinas a rendir el informe. Faltaba cerrar la parte más importante de mi aventura.

—Contando el que tú ultimaste, logramos detener a todos Los Jabalíes —me dijo Karim, mi colega en la Brigada—. Bueno, todos salvo uno. Según una fuente confiable, Petrosian, el que te amenazó de muerte, se fue del país. Puedes respirar tranquilo... por el momento...

No tuve ocasión de discutir con mi amigo porque el jefe me mandó llamar. Luego de presentarle una relación de los hechos, y de notificarle que me faltaba revisar un sitio para cerrar el caso, el comisario firmó y selló una orden de cateo y tomó su sombrero:

—Yo voy contigo.

Nos dirigimos al sitio que me indicó Aragon. Poco antes de las ocho de la noche estábamos en el número quince de la calle Grenelle, en el barrio séptimo: en el Bureau de Recherche Surréaliste. Un letrero advertía del horario: abierto de cuatro y media a seis y media. Era un barrio muy respetable, que no encajaba con la imagen que me había hecho de estos individuos. El comisario reconoció el lugar de inmediato.

—Es el viejo Hôtel de Bérulle, propiedad de los marqueses desde el siglo XVIII. ¿Son ricos tus sospechosos?

—En lo absoluto.

—Entonces alguien los respeta tanto que es capaz de prestarles este lugar para sus propósitos. Vamos a verlo.

Se identificó discretamente con la portera y preguntó si había alguien en el interior.

—Esos señores nunca vienen en fin de semana. Solo de lunes a viernes, y jamás los he visto antes de las doce del día. Solo vienen aquí por la tarde.

—¿Y no se encuentra aquí otra persona?

—Si alguien se hospeda aquí, entró sin que yo la advirtiera. A veces se escuchan ruidos, es cierto; a veces se queda a dormir aquí el señor Artaud, cuando tiene problemas de dinero. Pero la mayoría del tiempo es solo el propietario, el doctor Naville, quien viene a trabajar aquí por las mañanas, pues ha instalado su consultorio aquí mismo. Un caballero, el doctor; una gran persona.

—Como los auténticos mecenas.

El comisario le mostró la orden de registro, y la portera, que evidentemente no comulgaba con esos inquilinos tan extraños, nos hizo pasar y abrió el lugar para nosotros. Ni el jefe ni yo estábamos preparados para lo que encontramos allí.

Había un espejo deformante junto a la entrada, con un pequeño letrero en la parte superior: "Donado por Man Ray". En la pared del fondo, un maniquí femenino, de color blanco, colgaba completamente desnudo sobre media docena de cuadros rarísimos, firmados por Morise, Desnos o Picabia: tinieblas soberbias, que parecían moldeadas con los dedos.

—Pero ¿esto es arte? —gruñó el comisario.

—Arte moderno, sí.

El jefe se detuvo y bufó:

—Hay niños de seis años que dibujan mejor.

Otra obra, firmada por De Chirico, mostraba un paisaje con calles inmensas, vistas en perspectiva, como si hubieran sido captadas con la luz interminable de los atardeceres italianos.

Por mi parte, fui a examinar el librero: además de un par de filas dedicadas por completo a la medicina, quedaba una zona en la que un ejemplar de la *Introducción al psicoanálisis*, de Sigmund Freud, compartía espacio con un volumen de las aventuras de Fantomas, un tratado de medicina del reciente premio Nobel francés, el doctor Charles Richet, a quien por cierto creí conocer hace tiempo; dos libros sobre espiritismo y diversos libros de poesía o novela: *Los cantos de Maldoror*; *Crimen y castigo*; *El superhombre*, de Nietzsche, y un libro de Breton: *Les pas perdus*.

El comisario fue hasta un escritorio clavado contra la pared, donde descansaba una ouija. Al verla gruñó:

—¡Principiantes!

Entonces alzó una carpeta de piel que contenía decenas de hojas y volantes. Me pasó uno de ellos que decía:

La Oficina de Investigaciones Surrealistas se dedica a recoger por todos los medios que juzgue apropiados la información relacionada con las diversas formas que puede adoptar la actividad inconsciente del espíritu... A todas las personas que están en posibilidades de contribuir, de la manera que sea, a la creación de verdaderos archivos surrealistas, se les ruega venir de inmediato.

Y otro más agregaba:

A fin de realizar una acción más directa y efectiva, se decidió el 30 de enero de 1925 que la Oficina de

Investigaciones Surrealistas será cerrada al público en general, pero proseguiremos nuestros trabajos por otras vías. Los diversos proyectos de los comités serán publicados en el siguiente número de La Revolución Surrealista, *pues el objetivo central está más vivo que nunca y es necesario que el mundo conozca nuestros hallazgos.*

El jefe suspiró:

—Aquí no vamos a encontrar lo que buscamos.

En eso, el amuleto de mi abuela se puso tan caliente que olía a quemado. Tuve que sacarlo de mi saco.

—Vaya, vaya. —Mi jefe se inclinó a examinarlo—. ¿Habías hecho esto antes?

—¿A qué se refiere?

—Atrapaste a una aparición. La Mujer Desnuda. Está dentro de la joya. Ten mucho cuidado, no la dejes caer.

—¿Qué está pasando? ¿Cómo voy a deshacerme de esa cosa?

Parecía que un pez rojo se movía dentro del talismán. Como estaba a punto de soltar la joya, mi jefe extendió la mano y se la entregué. Él encendió un cerillo, lo colocó debajo de la joya y una tenue columna de humo azul se elevó un instante y se disipó. Entonces me devolvió el amuleto.

—No te preocupes: ya enviamos a La Mujer Desnuda donde debe estar… El Fuego del Nilo es justo eso: un umbral. En el siglo XVIII hubo decenas de estas apariciones en París y la única manera de expulsarlas fue con talismanes como el tuyo. ¿Recuerdas el aceite que le puse a la joya? Si bien te impedía ver a los fantasmas comunes y corrientes, aumentaba la atracción que tu talismán despierta en este tipo de apariciones más violentas. Por eso fue jalada con tanta fuerza hacia dentro… Pero nadie debería invocarla de nuevo. Tus amigos no deberían llamarla jamás. Hay que decirle al poeta que tenga más cuidado.

—No sé si querrá verme después de lo ocurrido, pero se lo diré si lo veo. Y quería preguntarle otra cosa: ese fantasma dijo que ya antes se había "asentado" en París.

—Es una manera amable de decirlo.

Me invitó a asomarme por la ventana:

—¿Alguna vez te preguntaste por qué hay calles tan estrechas en toda Europa? Hace tiempo buena parte de estas ciudades se construyó para evitar la luz y provocar la oscuridad. No es gratuito que haya edificios tan altos, que provocan una sombra muy grande entre ellos; callejones cada tantos pasos, iglesias con zonas oscuras, ideales para descansar si eres un espectro. Calles cerradas que no dan a ningún lado, donde es más fácil sorprender a los que se extravían y suficientes puentes sobre el río, en caso de que una aparición se vea obligada a cruzarlos.

—¿Qué ventaja obtendrían de su cercanía con los humanos?

—Responde a eso tú mismo la próxima vez que a mitad de la noche sientas que alguien se ha sentado en tu pecho y te impide respirar.

Caminó hacia el fondo del salón, donde había un sillón, una almohada y un juego de sábanas.

—Creo que no has revisado toda la evidencia.

Me acerqué. En la pequeña cocina integral aún olía a café fresco. Y el aroma de un perfume singular.

—Quien vive aquí debió salir hace unos minutos. La pregunta es si piensa regresar.

Abrí el pequeño armario: una pequeña maleta con algo de ropa se hallaba ahí dentro. Y un abrigo negro descansaba en el interior, con una bufanda de color rojo sangre que yo conocía bien.

—Creo, Le Noir, que usted puede terminar por sí mismo esta investigación. Avíseme si encuentra a la persona. Debo volver a la oficina. Y Pierre...

—Sí, jefe.

—Su abuela está orgullosa de usted.

—¿Cómo puede saberlo? Mi abuela murió en octubre.

El jefe sonrió y lanzó una de sus tupidas volutas de humo:

—¡Por favor! No sería comisario de la Nocturna si no supiera esas cosas.

Luego de lo ocurrido en Varengeville y en las últimas semanas, me quedé desconcertado, pensando si el jefe tendría manera de seguir en contacto con los difuntos. Lo cual me habría ahorrado mucho tiempo e incluso el viaje mismo a los acantilados…

—Lo espero en la oficina pasado mañana, con su informe completo bajo el brazo. Tiene usted un permiso de veinticuatro horas, Pierre. No llegue tarde, hay mucho trabajo estos días.

21

Un visitante inesperado

Me senté en una banca de la calle y aguardé allí hasta las nueve de la mañana del día siguiente, pero la persona que yo esperaba con ansias nunca llegó. En cambio, el que llegó fue un poeta. ¡Vaya encuentro inesperado! Breton me vio a una cuadra de distancia del Hôtel de Bérulle y endureció el gesto. Traía su famoso bastón consigo.

—¿Y bien, señor Le Noir? ¿Qué está haciendo aquí?

—Creo que es usted quien me debe una explicación.

Breton me miró y concluyó:

—No sé de qué me habla.

—En ese caso —me puse de pie—, lo dejo con sus manifiestos, como dijo Aragon.

El poeta me agarró por un brazo.

—Le doy mi palabra, Pierre. Usted arriesgó la vida por nosotros, y estoy dispuesto a ayudarlo. Vamos.

Miró hacia lo alto, al cielo con nubes de tormenta que rodeaba la ciudad.

—Sígame, no hay un minuto que perder.

Subimos por la avenida Saint-Michel, por la zona más empinada; pasamos frente al Jardín de Luxemburgo, donde yo había vivido unos momentos escabrosos con Los Jabalíes la semana pasada; tomamos la calle Soufflot, pasamos a un costado del Panthéon y bajamos por la calle Mouffetard; caminamos y caminamos, y seguimos caminando hasta que llegamos al final de esa calle. Cuando conté la cuarta panadería y la segunda tienda de quesos, Breton se detuvo un instante para orientarse. Vimos la bella iglesia medieval del lado izquierdo, el pequeño jardín a un costado de esta. Breton asintió y bajamos por la pendiente. Miró a su derecha, donde, sumida al final de un callejón, relumbraban las luces de una pequeña librería. Subimos unos cuantos pasos por una escalera y nos instalamos en un gran café. Aunque el interior estaba repleto de jóvenes de las escuelas cercanas, la terraza estaba vacía. A excepción de nosotros, solo una mesa más estaba ocupada por dos bellas extranjeras de cabello pelirrojo, que revisaban un mapa de París.

Nos instalamos en una mesa que daba la espalda al café y veía hacia la plaza. Desde allí podíamos observar al mismo tiempo cuatro calles: el final de la Mouffetard y el comienzo de la avenida de los

Gobelinos; tras nosotros, la calle Claude Bernard y de frente, a lo lejos, la calle Censier.

—A las pruebas que nos propone la vida hay que mirarlas de frente, como se ve a los toros, e invocarlas para la prueba final. Nunca las superaremos hasta que las hayamos desafiado. Como dice Leiris: somos del tamaño de los toros que enfrentamos.

Breton miró al cielo otra vez. Sobre nosotros avanzaba una nube negra, cargada de electricidad.

—Viene una gran tormenta. Eso ni la policía puede impedirlo... Verá, Le Noir: nunca creí que fuera usted un reportero belga.

Estuve a punto de saltar. Pero Breton colocó, con todo cuidado, en la mesa, la llave con forma de dragón que perdí en el Manoir.

—Encontré esto en mi cuarto, que correspondía a su habitación en el Manoir.

Se oyó el primer trueno, muy lejos. Breton me miró:

—Solo un policía o un ladrón entraría a mi cuarto. Pero, dado que no faltaba nada, decidí tomar medidas para mantenerlo ocupado. Dejé el sombrero de Duhamel cerca del pozo, a fin de que usted lo encontrara, y le pedí a Marcel que revisara si usted iba a armado: por eso lo abrazó tan fuerte el día que llegaron. Cuando llegó el grupo, Aragon y yo fuimos a revisar su habitación y vimos que la chimenea había estado muy activa, pero no lo suficiente: entre las cenizas encontré un resto de papel con el sello de la policía de París.

Me mostró la orilla de una de las fotos en las que aparecía él.

Breton se inclinó sobre mí, apoyado en el bastón. Visto desde ese ángulo, parecía mucho más alto y peligroso.

El mesero se acercó a levantar la orden:

—Quizás los caballeros estarían mejor adentro. No sé si este toldo será suficiente para evitar que se empapen. —Señaló la tormenta que se acercaba.

—Estamos bien aquí. Solo traiga un par de cafés.

El poeta esperó a que se fuera el mesero y gruñó:

—Cada vez que está a punto de ocurrirme algo atroz, cuando siento que una prueba vital me pisa los talones, he aprendido que lo mejor que uno puede hacer es detenerse y esperar a que la prueba lo alcance. Es lo mejor. Entonces, algo fantástico ocurre, siempre en el último minuto, y es asombroso. A este método lo llamo la "ayuda extraordinaria". Algunas de las mejores soluciones de mi vida las he encontrado así: aguardo a que la prueba venga a discutir conmigo y que aparezca el milagro. El día de hoy solo nos resta esperar.

Miré en todas direcciones. Hombres de traje que cruzaban las calles a toda prisa, estudiantes que corrían con sus mochilas bajo el brazo. Mujeres que aceleraban el paso para huir de la lluvia. La ciudad entera tomaba precauciones para evitar la tormenta, pero nosotros seguíamos ahí, en el lugar más expuesto. Luego de servir un par de espressos humeantes, el mesero regresó al interior y se apoyó en la barra.

—No mire hacia dentro —me reconvino el poeta—, mire hacia fuera, y llámela.

Se escuchó un nuevo trueno, más cercano y nítido. Una gran tormenta eléctrica iba a caer por ahí.

Para entonces la nube negra recubría la mayor parte del Barrio Latino. Aún no caía una sola gota, pero la humedad invadía el aire, y ocurría el diálogo de truenos allá en lo alto, sobre nosotros. Truenos que se oían a lo lejos, truenos que discutían con vehemencia, truenos que hablaban del final de los tiempos.

El poeta alzó la llave a la altura de sus ojos:

—Concéntrese, Pierre.

—¿Me va a pegar con el bastón?

—Tengo motivos, pero no lo haré ahora.

Breton era capaz de todo.

Hizo que la llave oscilara hacia un lado y el otro.

—Llegó el momento de que abra la siguiente puerta en su vida. Cierre los ojos por un momento.

Aunque todo me decía que no debía confiar en el papa del surrealismo, obedecí.

—En la vida hay una experiencia que es incontrolable, y depende de lo imprevisto, de lo inesperado en todos sus aspectos. Pero debes desearla con todas tus fuerzas. Si funciona, desafiará al tiempo, a las rutinas, a la necesidad. Si consigues invocarla, todos tus problemas van a disolverse dentro de ella. Aunque todo el mundo esté en contra. ¿Estás listo? Tu realidad va a cambiar para siempre. No abras los ojos. Atención: *Cuando escuche el próximo trueno conocerá a su próximo amor.* Ahora, cuente hasta diez sin abrir los ojos.

Conté:

Uno… dos… tres…

Cuatro: oí que alguien abría y cerraba las puertas de un coche.

Cinco: oí el coche partir.

Seis: las primeras gotas de lluvia golpearon mi rostro. El aire se cargó de electricidad.

Siete: un trueno o una explosión en el cielo lo quebró todo en un antes y un después.

Cuando abrí los ojos, Breton ya no estaba ahí. Pero a mi derecha, al final de la calle, un relámpago o un latigazo blanco, muy largo, surcó el firmamento y se extendió por los aires, como si apuntara hacia una joven mujer que caminaba en mi dirección. Una mujer que parecía flotar sobre el piso. Al verme se dirigió hacia mí. Casi tiré la silla al ponerme de pie. Pensé que estaba hipnotizado.

Ocho: no, eso no era hipnotismo. Las gotas que caían en mi rostro eran tan reales como su vestido negro y la melena espesa que se alzaba a pesar de la lluvia. Corrí hacia ella y nos abrazamos a mitad de la calle. Sus ojos color de esmeralda se inclinaron hacia mí.

—¿Dónde estuviste? ¿Por qué no respondías?

—Tenía que esconderme de todos, Pierre. Esa cosa me estaba buscando a través de ti.

Nueve: quise responder, pero ella no prestó mucha atención a mis palabras, y nos besamos.

Los coches pasaban alrededor de nosotros, quizás los fantasmas también. Las máquinas se desviaban para respetar nuestra isla, y nosotros seguíamos ahí, en el río de París; mientras más la miraba, más me convencía de que en los labios de mi amiga había un mensaje secreto que yo debía descifrar. Seguimos así, hasta que dijo con su voz de terciopelo:

—Si queremos que esto funcione, hay cosas que debes saber.

Diez: cuando comienza el amor, a veces somos poetas; a veces, adivinos. Ese día supe que una vida nueva se abría frente a mí y que por fin iba a conocer el misterio preferido de los surrealistas: aquel por el que vale la pena vivir, aquel que da sentido a todas las cosas.

Las gracias

Para mi madre, Rosario Heredia, que fue una maestra asombrosa hasta su último minuto. Para Alicia y Joaquín Lavado, que se fueron mientras la escribía.

Del lado de la vida, es para Mateo, Mariana y Joaquín: mis tres voces preferidas. Y, por supuesto, para Doré Castillo García.

Este autor agradece también a Matthieu y Dominique Bourgois por todo su cariño. A Gely y Luis, Taty y Armando, Andrea, Pablo y Arelly; a Diego y Mauricio Grijalva, a Elisa y Emilio Rosas Barragán. A Francisco Barrenechea, Augusto Cruz, Luis Carlos Fuentes, Guita Schyfter, Hugo Hiriart, Guillermo Sheridan, Tayde Bautista, Laura Baeza, Xavier Velasco, Yael Weiss, Mónica Castellanos, José Eugenio Sánchez, Néstor Pérez Castillo, Lorenza Barragán, Gerardo Lammers, Úrsula e Ingela Camba, Vicente Alfonso, Florence Olivier, Geney Beltrán, Diana Agámez, Ivabelle Arroyo, Rogelio Flores, Gabriel "el Charro" Orozco, Valeria Belloro, Eloísa

Maturén, Mario Muñoz, Tomasz Pindel, Antonio Ortuño, Víctor del Árbol, Marçal Aquino, Diego Pernía, Magdalena Juárez, Christilla Vasserot, Alessandro Baricco y los miembros de mi taller: por una amistad excepcional en tiempos excepcionales.

Índice

Esta obra se terminó de imprimir
en el mes de septiembre de 2024,
en los talleres de Diversidad Gráfica S.A. de C.V.
Ciudad de México